Anne und Wiebke Wilhelm

Liebe – Sehnsucht – Selbstmord?

Roman

Das Leben, das ist mir zu schwer,

ich will es bald beenden.

Doch vorher hab ich Sehnsucht sehr,

mein Schicksal noch zu wenden.

Auf eine Reise geh ich schnell.

Wer weiß was ich dort find?

Neue Hoffnung leuchtet hell,

doch weht auch rau der Wind.

Alles liegt in Scherben

und ich will wieder sterben.

Wird am Ende alles gut?

Wer's Schicksal kennt, hat manchmal Mut!

Anne und Wiebke Wilhelm

Liebe
Sehnsucht ?
Selbstmord.

Roman

Impressum

Erstausgabe 2015 • Alle Rechte vorbehalten

Text: © Anne und Wiebke Wilhelm

Umschlagmotiv: © Wiebke Wilhelm

Umschlaggestaltung: © Wiebke Wilhelm

Bitte besucht mich auf Facebook unter Wibilein Arts!

Lektorat + Satz: Jörg F. Nowack • www.lektorat-nowack.de

ISBN: 978-3-7347-8384-5

Herstellung und Verlag:

BoD - Books on Demand GmbH, Norderstedt

20. Juni, Masung Ville

Punkt sieben Uhr ertönte die Radiomusik aus dem kleinen Wecker, der auf der Kommode stand. Ellena drehte sich verschlafen um und schlug mit der flachen Hand auf den kleinen Nachtschrank. Den Wecker verfehlte sie dabei nur um wenige Zentimeter. Mit einem leisen »Verdammt!« setzte sie zu einem neuen Versuch an. Dieses Mal gelang es ihr sogar, den Störenfried auszuschalten. Der morgendliche Kampf mit dem Radiowecker war, seit sie in Masung Ville wohnte, zu einem festen Ritual geworden. Erst nachdem Ellena einen weiteren Sieg über ihn davongetragen hatte, konnte sie sich endlich dazu durchringen, aufzustehen. Mit viel Mühe wühlte sie sich durch die Laken und richtete sich gähnend auf. Verschlafen rieb sie sich die Augen und stieg wackelig aus dem Bett. Die Luft in ihrem kleinen Schlafzimmer war stickig. Um diesen unerträglichen Zustand zu ändern, riss Ellena das große Fenster auf. Dabei hätte sie fast den Blumentopf umgeworfen, der auf der Fensterbank stand. Ein kurzer, kräftiger Windhauch fuhr durch ihre kurzen braunen Haare, die dadurch noch mehr zerzausten. Ellena atmete einmal tief durch. Die frische Luft tat ihr gut.
Nun war es Zeit für das zweite morgendliche Ritual. Sie würde sich nämlich noch vor dem Duschen und Zähneputzen eine Zigarette genehmigen. Das Laster des Rauchens begleitete sie schon seit ihrer Jugend. Immer wieder hatte sie versucht aufzuhören, doch irgendwie kam sie nicht mehr davon los.
Noch etwas schläfrig schlurfte sie zur Kommode, wo schon die Packung und das Sturmfeuerzeug, welches sie von ihrem verstorbenen Vater bekommen hatte, bereitlagen. Fast schon gierig zog sie einen der Glimmstängel aus der Verpackung

und zündete ihn an. Weißer Rauch stieg empor. Ellena inhalierte tief und spürte, dass sie sofort ruhiger wurde. Jetzt sah die Welt für sie gleich ganz anders aus. Die Sonne schien heller zu strahlen und ihr Gemütszustand hatte sich deutlich gehoben. Ein zufriedenes Lächeln trat auf ihr Gesicht und alle Sorgen waren im blauen Dunst aufgegangen. Da ihr Nikotinspiegel nun wieder den Soll-Wert erreicht hatte, ging sie zurück zum Fenster.
Die schmale Straße unterhalb ihrer Wohnung war trotz der frühen Stunde schon recht belebt. Die schier unendliche Autoschlange drängte Richtung des Businessviertels. Ellenas Blick folgte der Reihe von Autos, bis sie am Horizont kaum noch sichtbar waren. Dort, genau da hinten, im besten Geschäftsviertel der Stadt, in einem der großen Hochhäuser mit der verglasten, auf Hochglanz polierten Fassade hätte sie auch gern gearbeitet. Doch sie hatte das Studium bereits nach dem ersten Semester abgebrochen, um ihrer wahren Bestimmung als Bibliothekarin zu folgen.
Auf den Bürgersteigen tummelten sich bereits ein paar Menschen. Zu dieser Stunde waren das relativ wenig. Eine Handvoll vielleicht, mehr nicht. Gerade als Ellena ein weiteres Mal an ihrer Zigarette zog, stieg ihr der Duft von frischgebrühtem Kaffee in die Nase.
Das war der Beginn ihres dritten Morgenrituals vor dem Duschen. Noch immer mit der Zigarette im Mundwinkel lehnte sie sich aus dem Fenster. Jetzt konnte Ellena den Balkon unter sich einsehen. Dort hatte sich gerade ein junger Mann mit einem Kaffee und einem Buch niedergelassen. Das Muskelshirt, das er trug, gewährte Ellena, die von oben auf ihn herabsah, einen wundervollen Ausblick.
»Guten Morgen, Julian!«, rief sie ihm von oben zu. Der junge Mann blickte auf und bedachte sie mit einem Lächeln.

»Dir auch einen guten Morgen, Ellena!« Damit war das Gespräch schon wieder beendet. Als Ellena gerade beschlossen hatte, ins Bad zu gehen, ertönte noch einmal die Stimme des jungen Mannes von unten.
»Hey Ellena, bist du heute wieder in der Bibliothek?« Die Gerufene wandte den Blick wieder zu ihm.
»Ja, bin ich!« Julian lächelte verträumt.
»Schön, dann komme ich dich heute Nachmittag mal besuchen. Ich muss mir mal wieder ein neues Buch ausleihen. Das Letzte war ja so spannend.« Jetzt musste auch Ellena lächeln.
»Es würde mich wirklich sehr freuen, wenn du vorbeikommen und dir ein neues Buch aussuchen würdest«, sagte sie honigsüß in seine Richtung. Er wandte sich verlegen ab.
»Also bis heute Nachmittag dann!« Ellena erheiterte seine Gestik nur noch mehr.
»Ja, ich sehe dich dort!«
Jeden Morgen, wenn Ellena so mit ihm liebäugelte, errötete Julian auf diese Art und Weise. Genau diese Mimik machte ihn für sie so attraktiv. Seine fortwährende Schüchternheit fand Ellena schon immer reizend. Seit geraumer Zeit plante sie, ihn nach einem Rendezvous zu fragen, doch bis jetzt hatte sich noch nie die Gelegenheit dazu ergeben.
Aber heute war endlich der große Tag gekommen! Später, wenn er am Nachmittag in die Bibliothek kam, wollte sie ihm ihr Lieblingsbuch mitgeben. Darin würde er dann einen kleinen Notizzettel mit den genauen Daten eines Treffens zwischen ihnen beiden finden. Bei dieser Aussicht sprang ihr Herz im Dreieck. Voller Vorfreude und mit den Gedanken schon wieder ganz woanders schlenderte sie ins Badezimmer.

Ellena trat gerade aus ihrer Wohnung, als sie mit Entsetzen feststellen musste, das sie ganz vergessen hatte, Blauwal zu füttern. Hastig machte sie auf dem Absatz kehrt und ging zurück ins Schlafzimmer. Im Vorbeigehen schnappte sie die große Fischfutterdose und trat an den Schreibtisch heran, wo das längliche Aquarium stand. Schnell schraubte sie den Verschluss der Dose ab und schüttete etwas von deren Inhalt auf ihre Hand. Sie öffnete den Deckel des Aquariums und streute vorsichtig das Frühstück des kleinen, fetten Fisches hinein. Bis zu diesem Zeitpunkt hatte man im Aquarium kein Geschöpf entdecken können. Doch jetzt, als das Futter die Wasseroberfläche benetzte, schwamm plötzlich ein kleiner Goldfisch aus dem Gewirr der Wasserpflanzen hervor. Ellena schaute dem kleinen Kerl verträumt beim Essen zu.
»Ach Blauwal, mein Süßer! Musst du denn immer gleich so schlingen? Du bist der einzige Fisch im Aquarium. Keiner wird dir etwas wegessen.« Als ob der kleine Fisch sie verstanden hatte, hörte er sofort auf, das Futter wahllos in sich hineinzustopfen und aß schon fast manierlich.
»So ist es schon besser«, lobte ihn Ellena. »Also sei schön artig heute. Ich muss jetzt los. Ich würde dir gerne noch ein wenig Gesellschaft leisten, aber die Zeit drängt.« Sie drehte sich um und ging Richtung Tür. Ein letztes Mal blickte sie zurück, dann verließ sie endgültig die Wohnung.

Gemütlich schlenderte sie die lange Einkaufsstraße entlang. Von ihrer Wohnung bis zur Bibliothek war es nicht weit. Die Geschäfte öffneten gerade und Ellena überlegte, ob sie nach getaner Arbeit nicht mal im Tiercenter vorbeischauen sollte, um für Blauwal neues Futter zu besorgen. Wie an jedem Morgen, wenn sie in die Bibliothek lief, kam sie an ihrem

Lieblingskaffeehaus vorbei. Dort kaufte sie wie immer einen doppelten Latte und einen Erdbeerdonut mit extra vielen Streuseln, welche die Form von Herzen hatten. Den verzehrte sie gleich an Ort und Stelle. Für den doppelten Latte macchiato ließ sie sich allerdings einen Deckel geben, denn Ellena hasste es, ihren Kaffee einfach so in sich hineinzuschütten. Nach dieser Stärkung konnte sie ihren Weg in die Leihbücherei fortsetzen.

Das Telefon klingelte bereits energisch, als Ellena die Eingangstür aufschloss. Sie rannte den Flur entlang, durch den großen Lesesaal bis zu ihrem Schreibtisch. Kaum hatte sie den Hörer abgenommen, verstummte das Läuten. Der Anrufer hatte bereits aufgelegt. Ellena legte den Hörer beiseite und dachte bei sich: ›*Der ruft schon wieder an, wenn es etwas Wichtiges war.*‹ Damit war die Sache für sie erledigt und sie konnte nun abwarten, was der Tag Neues für sie bringen würde.
Am frühen Nachmittag, Ellena blätterte gerade in einer Tageszeitung, betrat Julian die Bibliothek. Als er Ellena am Informationsschalter sah, erhellte sich seine Miene augenblicklich und er beschleunigte seine Schritte. Sie hatte ihn bereits bemerkt, als er mit seinem himmelblauen Hemd durch die große Eingangstür gekommen war. Sie würdigte ihn jedoch keines Blickes. Sie erhoffte sich, dadurch irgendwie attraktiver zu wirken. Leider ging ihr Vorhaben nicht ganz auf, denn Julian interessierte ihr abweisendes Benehmen wenig. Er war wie an jedem Tag bester Laune und lächelte vergnügt. Als Ellena von ihrer Zeitung aufsah, grinste er sie an.
»Hallo, ich komme, weil ich gerne mein Buch abgeben und gleich noch ein anderes mitnehmen möchte. Kannst du mir

vielleicht bei der Auswahl helfen?« Ellena musste lächeln.
»Na klar, mach ich doch gerne.« Sie legte die Zeitung beiseite und wandte sich nun ganz Julian zu.
»So, nun gib mir als Erstes das letzte und dann schauen wir mal nach einem neuen Buch für dich.« Julian zog den Roman aus seinem Rucksack und überreichte ihn Ellena. Die stempelte den Aufkleber auf der Innenseite des Einbands und verstaute es dann im Regal hinter sich.
»Das hätten wir. Was hast du dir denn so vorgestellt, was du als Nächstes lesen möchtest?« Julian überlegte kurz.
»Also ich denke …«, da wurde er auch schon von Ellena unterbrochen.
»Ah, da habe ich genau das Richtige für dich! Es ist eines meiner Lieblingsbücher.« Von Julian unbemerkt holte Ellena aus ihrer Tasche das Buch, welches sie am Abend zuvor mit einem kleinen Notizzettel versehen hatte. Auf dem hatte sie Datum, Uhrzeit und den Ort vermerkt, an dem er sie treffen sollte. Wie ein kleines Kind hatte sie sich gefreut, als sie auf den Zettel ›*Date mit einer Unbekannten*‹ gekritzelt hatte. Sie hoffte, er würde das Papier finden, hellauf begeistert sein, sich sofort in sein bestes Hemd werfen und zu diesem Treffen mit ihr eilen.

Leider kam alles ganz anders als geplant. Julian wollte gerade das Buch in seinen Rucksack stecken, als der Notizzettel plötzlich herausfiel. Zunächst bemerkte keiner der beiden den Verlust dieses überaus wichtigen Schriftstücks. Julian schenkte Ellena zum Abschied sein schönstes Lächeln.
»Ja, also ich muss dann mal wieder los. Ich erzähle dir morgen, wie ich das erste Kapitel fand.« Dabei deutete er auf seinen Rucksack.
»Ich freu mich schon!« Ellena sah ihm verträumt nach.

Doch was war das dort vor ihrem Tisch auf dem Boden? Augenblicklich begriff sie, dass der Zettel aus dem Buch herausgefallen war. Ellenas Augen weiteten sich. Wie hatte das nur passieren können? Gehetzt sah sie ihm nach.
Julian stand bereits draußen vor der Bibliothek, drehte sich nach rechts und verschwand jetzt aus ihrem Blickfeld. Was sollte sie bloß tun? Sollte es etwa schon vorbei sein, bevor es begonnen hatte? In heller Panik sprang sie auf. Es gab nur zwei Möglichkeiten. Entweder ihm mit dem Zettel hinterherrennen oder die Sache ein für alle Mal auf sich beruhen lassen. Sie entschied sich für die erste Variante und lief mit den Zettel, den sie in fliegender Eile aufgehoben hatte, in Richtung Ausgang. Ellena stieß die Eingangstür auf und lief hinaus auf die Straße.
Sie wandte den Blick nach allen Seiten, um Julian so schnell wie möglich zu entdecken. Ihr Herz klopfte wie ein Dampfhammer und sie atmete nur noch stoßweise. Tatsächlich sah sie ihn an der nächsten Kreuzung stehen.
Ellena hatte Glück, dass er nicht schon in ein Taxi eingestiegen war. Als sie gerade tief luftholen wollte, um seinen Namen durch die Straße zu rufen, blieben ihr die Worte förmlich im Halse stecken. Den Anblick, welcher sich ihr in diesem Moment bot, würde Ellena niemals in ihrem Leben vergessen. In dieser einen, alles entscheidenden Sekunde zerbrach ihr Herz in tausend kleine Stückchen. Sie sah Julian in den Armen einer anderen Frau! Die sah jünger aus als er, vielleicht drei Jahre. Sie war gerade aus einer Nebenstraße gekommen und küsste Julian zur Begrüßung auf beide Wangen. Ellena konnte es einfach nicht fassen! Diese maßlose Vertrautheit zwischen ihnen machte ihr Angst. Zusätzlich verspürte sie tief in ihrem Innern einen ungeheuer großen Hass auf diese andere Frau, da sie etwas hatte, das Ellena

schon immer besitzen wollte, nämlich Julians Liebe. Am liebsten wäre Ellena einfach zu den beiden hingestürmt und hätte dieser Tussi ins Gesicht gespuckt. Doch sie zügelte ihre Wut, machte auf dem Absatz kehrt und schlich als gebrochene Frau zurück in das Gebäude. Den Zettel, an dem all ihre Hoffnung gehangen hatte, zerknüllte sie und warf ihn in den erstbesten Mülleimer, dem sie begegnete. Nun war ihr Traum von der großen Liebe endgültig geplatzt. Fürs Erste hatte sie genug von Männern.

Als Ellena die Bibliothek zum Feierabend zuschloss, kam ihr der Postbote entgegengerannt. Unter seinem Arm klemmte ein großes Päckchen.
»Hier, nehmen Sie es! Unterschrift machen wir das nächste Mal. Ich bin ein wenig in Eile, also bis dann!«
Bevor Ellena begreifen konnte, was passiert war, hatte sie das Päckchen auch schon in der Hand und vom Postboten fehlte jede Spur. Verwundert drehte Ellena die schmale Postsendung in den Händen hin und her. Dann entdeckte sie den Absender. Es war die Adresse eines großen Reiseunternehmens. Was die wohl von ihr wollten? Kurzerhand beschloss Ellena, das Päckchen mit nach Hause zu nehmen und es dort zu öffnen.

Laut fiel die Tür ins Schloss. Ellena stellte ihre Tasche in den Flur und schlenderte mit dem Paket ins Schlafzimmer. Noch während des Laufens riss sie den Umschlag auf. Zum Vorschein kam ein zusammengerolltes Papier. Als Ellena es vollständig entrollt hatte, bemerkte sie, dass es sich um ein Plakat handelte, das sie in der Bibliothek hätte aufhängen sollen. Eine große Überschrift prangte auf dem Papier.

Ellena las laut: »Endecken Sie ein fremdes Land! – Ein exotisches Inselparadies erwartet Sie!
Reisen Sie für einen Monat an wunderschöne Sandstrände und in eine unberührte Natur in den Dschungel von Mahogi! Rufen Sie gleich an und buchen Sie gegen einen kleinen Aufpreis eine tolle Expedition!«

Darunter war noch die Telefonnummer angegeben, die war sogar größer als die Überschrift. Plötzlich hatte Ellena eine Idee. Warum sollte sie nicht einmal in die wilde und unberührte Natur von Mahogi fahren? Ihre große Liebe hatte sie verschmäht und ihr Leben war dadurch enorm erschüttert worden. Sie liebte Julian aus ganzem Herzen, das war ihr nun mehr als klar. Doch wie sollte ihr Leben mit der erschütternden Erkenntnis weitergehen, dass er eine andere hatte und für sie verloren war?
Nach dem Vorfall hatte sie bereits mit dem Gedanken gespielt, sich irgendwo hinunterzustürzen. Wie leicht würde es ihr fallen, einfach hier aus dem Fenster zu springen. Sie würde auf Julians Balkon aufschlagen und ihm einen gehörigen Schreck einjagen. Das wäre ihre süße Rache an diesem Mistkerl. Doch dann fiel ihr ein, dass sie es nicht tun konnte, weil sie ja auf Blauwal aufpassen musste.
Routiniert und ohne das Geringste zu ahnen, sah Ellena zum Aquarium hinüber.
»Stimmt's Blauwal? Dich würde ich doch niemals …« Ihre Stimme versagte, als sie das Unglück sah, welches sich im Becken ereignet hatte. Blauwal, der am Morgen noch quicklebendig gewesen war, trieb nun mit dem Bauch nach oben und einem glasigen Blick an der Wasseroberfläche. Sein einst goldener Körper mit den silbern schimmernden weißen Flecken hatte sich gräulich gefärbt. Seine Schwanzflossen

hingen nur noch an ihm und wehten leicht in der Strömung des Filters. Ellena wurde kreidebleich. Sollte nun auch noch der einzige Freund, den sie auf der Welt gehabt hatte, von ihr gegangen sein? Sie stürzte zum Aquarium und brach dann davor zusammen. Alles war dahin und ihr wurde klar, dass sie nichts mehr zu verlieren hatte.

Am nächsten Morgen beerdigte Ellena Blauwal in der Erde der Topfpflanze auf dem Fensterbrett. Als Grabsteine dienten zwei aufeinandergeklebte Eisstiele. Die hatte sie zu einem Kreuz angeordnet und auf den Querbalken in deutlichen Buchstaben »Blauwal« geschrieben. In stiller Trauer stand sie am Fenster und blickte auf die Topfpflanze hinunter. Dann ließ sie ihren Blick in die Ferne schweifen. Jetzt begann ein neuer Abschnitt in ihrem Leben.

21. Juni, Masung Ville

Ellena lag regungslos auf ihrem Bett und starrte an die Decke. Den schmutzigen Löffel, mit dem sie kurz zuvor das Loch für Blauwals Grab ausgehoben hatte, hielt sie immer noch fest umklammert. Sie schaffte es nicht, ihn zu säubern und in die Schublade zu legen. Sie hob den Löffel hoch und betrachtete das Beerdigungsinstrument. Erst jetzt begriff sie, dass sie an diesem Tag den einzigen Freund verloren hatte, der ihr nach dem Tod ihrer Eltern noch geblieben war. Sie erinnerte sich an die schönen Momente, die sie mit Blauwal erlebt hatte. Wie sie ihn an ihrem zwanzigsten Geburtstag gekauft und sich dann selbst geschenkt hatte, da es ja niemand sonst getan hätte. Bei diesen Gedanken beschloss Ellena endgültig, ihrem geliebten Fisch zu folgen. Was sollte sie auch alleine hier auf dieser Welt?

Langsam erhob sie sich vom Bett und ging zum Fenster. Mit einem Ruck öffnete sie den Flügel, sodass die Scharniere knarrten. Als sie jedoch Anlauf nehmen wollte, um sich hinauszustürzen, erinnerte sie sich plötzlich an ihre Ersparnisse. Was würde aus dem Geld werden, wenn sie nicht mehr da wäre? Sie hielt inne und kratzte sich am Kopf. Nach ihrem Tod würde alles der Staat erben und Ellena wollte auf keinen Fall, dass ihr ganzes Geld an den Fiskus ging. Damit stand fest: Sie musste erst noch das Geld irgendwie ausgeben! Erst dann würde sie in Frieden sterben können. Doch da drängte sich schon die nächste Frage auf. Was sollte sie sich von ihrem Ersparten leisten? Sie blickte sich im Raum um. Was konnte sie sich nur gönnen, um ihrem Leben einen würdigen Abschluss zu geben? Beim Betrachten ihrer Habe entdeckte Ellena das entrollte Plakat mit der riesigen Telefonnummer. – Das war die Idee! Sie würde noch einmal verreisen, ein richtiges Abenteuer erleben und danach wäre ihr Geld verbraucht. Damit könnte sie sich dann mit dem guten Gewissen, nichts hinterlassen zu haben, aus dem Fenster stürzen.

Ellena wählte die Nummer, die auf dem Plakat stand. Eine Frauenstimme meldete sich auf der anderen Seite: »Ja?«
Ellena räusperte sich kurz und sagte dann entschlossen: »Ich rufe wegen der Expedition nach Mahogi an. Ist noch ein Platz frei?« Die Frau schien sichtlich erfreut zu sein.
»Oh, aber natürlich können Sie noch mit! Kommen Sie einfach morgen gegen vierzehn Uhr in unsere große Geschäftsstelle im Stadtzentrum. Dort werden Sie weitere Informationen erhalten. Jetzt brauche ich nur noch ihren Namen.« Ellena war erleichtert.
»Aber sicher. Ich heiße Ellena Maloy.«
»Gut, das habe ich notiert. Auf Wiedersehen, Misses Maloy!«
»Ja, auf Wiedersehen!«

Am nächsten Morgen war Ellena schon früh wach. Noch bevor der Wecker den morgendlichen Krieg beginnen konnte, war sie aufgestanden und hatte sich im Bad zurechtgemacht. Als sie sich im Spiegel betrachtete, sah sie dunkle Ringe unter ihren Augen, weil sie die ganze Nacht nicht geschlafen hatte. Wieder und wieder hatte sie an Blauwal denken müssen und ab und zu auch an Julian. Aber immer, wenn ihre Gedanken dieses Thema erreichten, zeichnete sich dieses spezielle Bild in ihrem Kopf ab. Julian in den Armen einer anderen Frau, und sie selbst stand hilflos daneben. Mutterseelenallein.
Nachdem Ellena aus dem Badezimmer gekommen war,

führte ihr Weg direkt zur Kommode, um sich eine Zigarette zu holen. Zum Fensteröffnen hatte sie heute weder Lust noch Zeit und außerdem wollte sie Julian unbedingt aus dem Weg gehen.
Nach zwei Zigaretten eilte sie überstürzt aus dem Haus. Betrübt über ihre momentane Situation hatte sie die Zeit total vergessen. Sie lief die Straße hinunter, vorbei an dem kleinen Coffeeshop und weiter bis zur Bibliothek. Erst als sie völlig erschöpft auf ihren Stuhl hinter dem Informationsschalter fiel, bemerkte sie, dass dieses Plakat immer noch zuhause lag. Gleichgültig zuckte sie mit den Schultern. In ihrer jetzigen Situation hatte sie wirklich andere Probleme, als an ein sinnloses Plakat für die Bibliothek zu denken. Den ganzen Vormittag über ließ sich bei ihr keine Menschenseele blicken. Ellena war sehr bekümmert darüber, denn so war sie alleine in der Bücherei und damit alleine mit ihren Gedanken und ihrer Trauer.

Gegen halb zwei war für Ellena endlich Feierabend, denn heute war ja dieses besondere Treffen wegen der großen Reise. Gerade als sie den Schlüssel im Schloss drehte, kam Julian um die Ecke gebogen.
»Guten Tag, Ellena! Ich habe begonnen, dein Buch zu lesen. Ich muss sagen, es ist wirklich spannend.«
Ellena würdigte ihn nicht eines Blickes, stattdessen bekam er nur ein Schroffes: »Wir haben für heute bereits geschlossen!«, an den Kopf geworfen. Sein anfängliches Lächeln verzog sich zu einem Gesicht, das Ellena noch nie bei ihm gesehen hatte. Er sah aus, als würde er gleich anfangen, zu weinen. Aber gleichzeitig wirkte es, als ob er sie jeden Moment anspringen wollte. Mit gepresster Stimme fragte er: »Aber Ellena! Warum bist du heute so gemein zu mir? Ich

habe doch gar nichts gemacht.«
Das war zu viel. Auf öffentlicher Straße vor all den Passanten, die gerade vorbeigingen, schrie sie ihn an: »NICHTS GEMACHT!? Nein, du hast überhaupt nichts getan! Überhaupt nichts! Wieso denkst immer nur an dich? Was ist denn mit meinen Gefühlen? Bedeuten die dir etwa nichts? Kannst du mir das sagen?« Noch bevor Julian etwas erwidern konnte, fuhr Ellena fort: »Nur dass du es weißt, ich habe dich mit dieser Tussi gesehen! Ich muss wirklich eine totale Idiotin gewesen sein, als ich geglaubt habe, dass du etwas für eine wie mich empfinden könntest! Vielleicht sogar so was wie Liebe …! Aber du bist da wahrscheinlich schon bedient, nicht wahr? Das war es, ich gehe!« Mit diesen Worten wandte sie sich ab und stürmte davon. Sie wollte ihn nicht mehr sehen und um keinen Preis der Welt an ihr gebrochenes Herz denken müssen. Julian schaute ihr nach. Wie versteinert stand er da. Nur eine einzelne, kleine Träne rann über sein schmales Gesicht.

Als Ellena die Zentrale des Reiseunternehmens erreicht hatte, klopfte ihr Herz immer noch wie wild. Immerhin war sie quer durch die gesamte Stadt gerannt. Ihre Muskeln brannten, doch dieses Gefühl tat ihrer geschundenen Seele gut.
Als sie vor dem riesigen Gebäude stand, wurde ihr plötzlich klar, worauf sie sich da eigentlich eingelassen hatte. Blitzartig schoss ihr Adrenalinspiegel in die Höhe. Dagegen musste sie schleunigst etwas unternehmen. Ellena zog ihre Zigarettenschachtel aus der Hosentasche, nahm eine einzelne Stange heraus und zündete sie sich an. Schon das klackende Geräusch des Feuerzeugdeckels beruhigte sie ungemein. Nachdem sie tief inhaliert hatte, ließ sie ihren Blick für einige

Momente schweifen. Die Straße war überfüllt mit Menschen, die alle sehr beschäftigt aussahen. Mitten in dieser Menschenmenge fiel ihr eine junge Frau auf. Sie stand einfach nur da und starrte sie an. Sie wirkte auf Ellena irgendwie faszinierend. Zudem hatte sie eine tolle Figur. Ihre blondgefärbten Rastazöpfe, die sie zu einem Pferdeschwanz zusammengebunden trug, bildeten einen scharfen Kontrast zu ihrer dunklen Hautfarbe. Ellena wunderte es, dass sie an solch einem Tag, an dem der Wind stark blies, einen so kurzgeschnittenen Rock trug. Unerwartet begann die junge Fremde, auf sie zuzugehen. Ihren Blick hatte sie intensiv auf Ellena gerichtet. Das machte der ein wenig Angst. Wer war die Fremde? Und noch viel wichtiger: Was wollte sie von ihr? Ihre Jesuslatschen klapperten bei jedem ihrer Schritte. Ellena wollte weglaufen, doch ihre Beine gehorchten ihr nicht. Stattdessen war ihr ganzer Körper wie paralysiert. Sie erschrak vor sich selbst. Wieso faszinierte sie diese Frau bereits nach dem ersten Blickkontakt? Je näher sie ihr kam, umso schneller wurde Ellenas Herzschlag. Die hellbraunen Augen der anderen machten sie einfach schwach. Jetzt stand sie ganz nah bei ihr. Ellenas Atem stockte. Trotzdem nahm sie ihren Duft nach Rosenblüten und Pfefferminz wahr. Die Unbekannte schlang ihre Arme um Ellenas Hals. Die Lippen der Schönen berührten die ihren sehr zaghaft. Doch das reichte aus, um Ellenas Knie in Pudding zu verwandeln. Was um Himmels willen tat diese Frau da nur?!
So unerwartet die Fremde gekommen war, so schnell löste sie sich auch schon wieder von ihr. Ein letztes Mal schaute sie Ellena mit ihren hellbraunen Augen an und verschwand schnell in der Zentrale des Reiseunternehmens.
Es dauerte einige Sekunden, bis Ellena begriffen hatte, was überhaupt vorgefallen war. Dann ging sie der Fremden

hinterher, so schnell sie nur konnte. Schließlich durfte Ellena sie so nicht davonkommen lassen.

Sie betrat die Empfangshalle und schaute sich nach allen Seiten um. Da sie gesehen hatte, wie die Schöne hier hineingegangen war, musste sie ja irgendwo zu finden sein. – Tatsächlich! Ellena entdeckte sie an der Tür zum Treppenaufgang. Doch als die junge Fremde sie bemerkte, verschwand die schnell hinter der Tür. Ellena konnte durch das kleine Fenster sehen, wie sie die Treppe hinaufrannte. Ellena, die sie nicht noch einmal entkommen lassen wollte, hastete ihr hinterher. Ihr Herz pochte wild, als sie die Stufen mit großen Schritten hinauflief. Die Unbekannte bog auf der dritten Etage in einen Seitengang ab und Ellena rannte ihr nach. Der Gang, in den sie jetzt kam, war lang und dunkel. Nur eine einzelne Lampe strahlte von oben her ein orangefarbenes Licht aus. Die fremde Frau bog wieder ab. Ellena sah, wie sie eine Tür aufzog und hinter ihr verschwand. Sie hetzte ihr atemlos hinterher und musste mit Entsetzen feststellen, dass die Frau schnurstracks in die Herrentoilette gelaufen war. Nun war die Jagd fürs Erste vorbei. Sie konnte schließlich nicht einfach in die Herrentoilette gehen. – Oder vielleicht doch? Eigentlich gab es darin sowieso nichts, das sie nicht schon einmal gesehen hatte. Trotzdem war ihr nicht wohl dabei, als sie die Klinke nach unten drückte und die Tür langsam öffnete.

»Hallo, Miss?«, rief sie in den Raum hinein, doch eine Antwort blieb aus. Zaghaft betrat sie den Vorraum mit den Waschbecken.

»Sind Sie hier?« Wieder nur Schweigen. Langsam durchschritt sie den Raum und kam in den hinteren Teil mit den Kabinen. Ellenas Anspannung war groß. Auf ihrer Stirn stand der Angstschweiß. Wenn sie jetzt einem Mann begeg-

nen würde, könnte sie sich wahrscheinlich nie wieder hier blicken lassen. Trotz dieser schlimmen Vorahnung durchschritt sie weiter die Reihen der Kabinen. Niemand war zu sehen. Plötzlich öffnete sich eine der Türen, die noch vor Ellena lagen. Jetzt war guter Rat teuer. Sollte sie einfach stehenbleiben oder sich lieber verstecken? Die letzte Option war für Ellena logischer und so huschte sie hinter eine der Kabinentüren, die direkt neben ihr lagen. Da sie nicht viel Krach machen durfte, ließ sie die Tür einen Spaltbreit offen. So konnte sie den Durchgang zwischen den Kabinen einsehen. Langsame Schritte ertönten vom Flur. Sie wurden immer lauter. Dann lief die wunderschöne Unbekannte an ihrer Kabine vorbei und kicherte triumphierend. Das war ihre Chance! Ellena packte sie und zog sie mit in ihr Versteck.
»So, nun habe ich dich! Jetzt sag schon, wer bist du? Und warum hast du mich geküsst?« Die junge Frau starrte sie voller Entsetzen an. Ellena hatte sich der Illusion hingegeben, sie würde schreien und zappeln, doch stattdessen blieb sie ganz ruhig. Völlig unerwartet rammte sie ihr den Ellenbogen in den Bauch und grinste verstohlen. Ellena blieb nichts anderes übrig, als sie loszulassen. Sie sackte zusammen und krümmte sich vor Schmerzen am Boden. Die Frau beugte sich zu ihr herunter und flüsterte: »Das wird dir eine Lehre sein, unschuldige Frauen auf der Toilette zu überfallen!« Daraufhin verließ sie die Kabine. Ellena hörte noch die vordere Tür zuknallen, bevor ihr schwarz vor Augen wurde.

Allmählich kam Ellena wieder zur Besinnung. Leider erwachte sie nicht an dem Ort, an dem sie es sich vorgestellt hatte, sondern lag immer noch in der Herrentoilette. Viel Zeit konnte noch nicht vergangen sein, da immer noch niemand

hereingekommen war. Zitternd erhob sie sich. Ihr Magen schmerzte. Mit so einem Schlag hatte sie wirklich nicht gerechnet. Langsam schritt sie durch die Reihen der Kabinen Richtung Ausgang.
Dann passierte das, wovor sie sich so gefürchtet hatte! Die vordere Tür ging auf und ein älterer Mann betrat den Vorraum. Er hatte Ellena zwar noch nicht gesehen, dieses Ereignis konnte aber nicht mehr lange auf sich warten lassen. Ellena zögerte keinen Augenblick. Sie verstellte ihre Stimme, damit sie sich anhörte wie die einer ausländischen Putzhilfe.
»Toilette wird gerade gereinigt! Benutzen bitte Etage tiefer!«
Der Alte tat, wie ihm gesagt worden war, ohne der falschen Putzfrau weitere Beachtung zu schenken. Somit hatte Ellena diesem Unglück noch einmal aus dem Weg gehen können. Nun musste sie aber schleunigst diese Örtlichkeiten verlassen, damit sie nicht noch einmal Putzfrau spielen musste! Mit der letzten Kraft, die sie aufbringen konnte, schleppte sie sich aus der Herrentoilette. Als sie den Flur erreicht hatte, atmete sie einmal tief durch. Endlich befand sie sich in Sicherheit! Ein scharfer Schmerz durchzuckte ihren Unterleib. Sie betastete die Stelle, schob ihr T-Shirt ein wenig nach oben, um sich die Sache genauer zu betrachten. Sie bemerkte einen riesigen Bluterguss, den sie garantiert dem Ellenbogen der jungen Frau zu verdanken hatte. Nervös schaute sie auf die Uhr. Die zeigte zehn nach zwei. Jetzt war Eile geboten!
Ellena ging, so schnell sie vermochte, den langen Flur entlang. Immer auf der Suche nach jemandem, den sie nach dem Weg fragen konnte. Unerwartet öffnete sich eine Tür unmittelbar vor ihr. Zum Vorschein kam ein großer Mann mit schlaksigem Körperbau. Er trug ein weißes Hemd mit dazu passender schwarzer Fliege. Seine Lederschuhe schimmerten matt im Schein der Flurbeleuchtung. Der Mann

schien etwas genervt zu sein. Doch nachdem er einmal tief ein- und wieder ausgeatmet hatte, ging es ihm sichtlich besser. Unglücklicherweise hatte er Ellena nicht bemerkt. Er fuhr sich mit einer fließenden Bewegung durch sein mattschwarzes Haar, das er zu einem Pferdeschwanz gebunden hatte. Gerade wollte er wieder im Zimmer verschwinden, als Ellena ihm nachrief: »Entschuldigen Sie bitte! Könnten Sie mir kurz behilflich sein?« Der Mann blieb stehen, schaute sich um und entdeckte dann endlich Ellena, die so schnell es eben ging, auf ihn zukam.
»Was gibt es denn so Dringendes?« Seine Stimme hatte einen gehetzten Unterton.
»Ich suche den Raum, in dem das Treffen der Reisenden nach Mahogi stattfindet.« Die Miene des Fremden erhellte sich.
»Na da sind Sie bei mir an der richtigen Adresse, meine Liebe! Ich bin nämlich der Leiter dieser Expedition.« Er streckte Ellena die Hand hin. »Mein Name ist James O' Grady.«
Ellena erwiderte knapp: »Ja sehr angenehm, Maloy. Ellena Maloy.«
»Schön, Ellena also. Willkommen im Team! Mit Ihnen sind wir schon drei Leute.« Ellena stutzte.
»Nur drei?«
»Ja, kommen Sie mit rein, dann stelle ich Ihnen die Dritte im Bunde vor!«
Sie betraten gemeinsam das Zimmer – und da sah Ellena sie wieder! Die wunderschöne Unbekannte, die sie erst geküsst und ihr dann diesen großen blauen Fleck in der Magengegend verpasst hatte! Alles, was Ellena hervorbringen konnte, war ein verdutztes: »Sie?«
Die Andere schaute mindestens genauso verdutzt in ihre

Richtung und staunte zur gleichen Zeit: »Du?«
James war begeistert. »Oh wie schön, ihr kennt euch schon? Das erleichtert die Arbeit als Team erheblich.«
Die junge Frau legte den Kopf in den Nacken und prustete. »Das möchte ich sehr stark bezweifeln!« Auch Ellena fand diese Idee absurd.
»Eben! Ich kenne ja noch nicht einmal ihren Namen! Von einer Bekanntschaft kann also gar nicht die Rede sein!« Diese Bemerkung versetzte die Frau in Rage.
»Vielleicht hätte ich ihn dir verraten, wenn du nicht versucht hättest, mich auf der Herrentoilette zu vergewaltigen!« Bei diesen Worten wurde James ganz bleich.
»Wie bitte?! WAS wolltest du WO mit ihr tun? Ich glaube, ich habe mich gerade verhört!« Ellena hob beschwichtigend die Hände.
»Aber nein, so war das überhaupt nicht. Ich bin ihr ja nur auf die Toilette gefolgt, weil ...« James ließ sie gar nicht erst ausreden.
»Also ich habe nun wirklich genug gehört! Du bist ihr also doch auf die Toilette gefolgt!« Er hob demonstrierend den Zeigefinger. »Meine Schlussfolgerung ist ... du bist eine perverse Stalkerin! Dennoch verstehe ich immer noch nicht, was ihr beide auf der Herrentoilette zu suchen hattet.«
Die junge Dame bejahte seine Aussage mit einem Kopfnicken und schaute schnell zur Seite, als James fragend zu ihr hinübersah. Ellena konnte vor Entsetzen gar nichts mehr sagen. Diese Diskussion war so dermaßen aus dem Ruder gelaufen und nur ein Wunder konnte sie jetzt noch retten.
Genau in diesem Moment flog die Tür auf und ein kleiner untersetzter Mann polterte ins Zimmer. Schon von Weitem bemerkte Ellena seine gebückte Haltung und die aufflammende Wut in seinen smaragdgrünen Augen. Er mochte um

die fünfzig Jahre herum sein, da sein Haarausfall schon weit vorangeschritten war.
»Warum, zum Teufel, empfängt mich niemand an der Eingangstür? Wisst ihr denn überhaupt, wen ihr hier vor euch habt? – Ich bin der große Offizier Hans Werner Stein! Nicht einmal der Krieg konnte mich bezwingen! Es ist einfach unter meiner Würde, eine der Frauen an der Rezeption zu fragen! Gott sei Dank habe ich, dank meines überragenden Intellekts und scharfen Orientierungssinns, selbst den Weg hierher gefunden.« Hans Werner drohte mit der Faust. »So etwas hätte es damals nicht gegeben!«
Im Raum herrschte plötzlich totale Stille. Alle starrten auf den Neuankömmling. Der ließ sich davon jedoch nicht beirren.
»Was glotzt ihr denn alle so wie eine Kuh, wenn's donnert? Holt mir lieber mal einen Stuhl! Immerhin bin ich auch nicht mehr der Jüngste.«
James tat, wie ihm befohlen und zog dem Alten einen Stuhl heran. Hans Werner ließ sich auf der Sitzgelegenheit nieder und atmete tief durch.
Mit einem geübten Blick auf die Teilnehmerliste musste James feststellen, dass mit der Ankunft von Hans Werner Stein auch der letzte Mitreisende eingetroffen war.
Jetzt waren für Ellena vor der Abreise nur noch zwei wichtige Fragen zu klären, und zwar: Wer war diese mysteriöse junge Dame? Und warum hatte sie sie geküsst?
Mit einer sehr höflichen Geste winkte sie die Frau zu sich heran. Dann ließ sie all ihren verführerischen Charme spielen und flüsterte ihr sanft ins Ohr: »Miss, mir tut außerordentlich leid, was geschehen ist. Wenn Sie mir in all Ihrer Güte vielleicht doch Ihren Namen verraten, könnten wir noch einmal ganz von vorn beginnen.«

Die junge Frau willigte ein.
»Na gut. Ich heiße Liz Simmens und du kannst ruhig du zu mir sagen. Bist du jetzt zufrieden?«
»Liz also. Dieser Name ist wundervoll und passt wirklich gut zu dir.«
Liz ließ sich davon nicht beeindrucken. Schon zu oft hatten Menschen bei ihr diese Masche versucht.
»Das hättest du dir jetzt sparen können. Aber du musst gleich zu Beginn eines über mich wissen. Ich bin nicht so, wie es auf den ersten Blick scheint.« Sie wollte sich gerade abwenden und gehen, als Ellena sie am Arm festhielt.
»Eine Frage noch. Warum hast du mich auf der Straße geküsst?« Liz grinste fröhlich.
»Ist doch ganz logisch. Erstens mal, weil du gut aussiehst und zweitens wegen deiner Augen. Sie spiegeln den Schmerz wieder, den du tief in deinem Inneren verschlossen hast.« Ellena war erstaunt.
»Wegen meiner Augen?« Auf einmal erfüllte Liz' Lachen den Raum.
»Du glaubst aber auch alles! Und dein blöder Gesichtsausdruck noch dazu! Zum Brüllen komisch!« Ellena war nun noch verwirrter.
»Aber warum dann?« Liz hatte sich wieder gefangen.
»Ganz einfach ... ich küsse auf der Straße jeden, der mir gefällt. Du warst sozusagen zur falschen Zeit am falschen Ort.« Das ungläubige Gesicht von Ellena brachte sie wieder zum Lächeln.
»Das glaub ich dir jetzt nicht. Du denkst dir das doch gerade aus!« Liz blickte ihr tief in die Augen.
»Musst du aber. Schau hier, ich nehme sogar Tabletten dagegen. Aber heute habe ich sie einfach mal weggelassen.« Sie zog einen Tablettenbehälter aus der Tasche und hielt ihn

Ellena direkt unter die Nase.
»Jetzt überzeugt?« Ellena überlegte kurz.
»Ich glaube schon.«
Energisch warf James dazwischen: »Ich möchte euer Gespräch ja nicht unterbrechen, aber diese Informationen gehen auch euch etwas an.« Hans Werner, der immer noch auf dem Stuhl saß und sich seither nicht gerührt hatte, meldete sich ebenfalls zu Wort.
»Genau! Haltet endlich die Klappen! Tratschende Weiber kann keiner leiden.« Dabei fuchtelte er angriffslustig mit der Faust. James räusperte sich kurz.
»Also ich als Leiter habe euch mitzuteilen, dass unsere Reise heute in einer Woche beginnt. Mitzubringen sind eine Ausrüstung, um in freier Wildbahn zu überleben, Kleidung, eventuelle Medikamente und was ihr halt sonst noch so braucht. Essen braucht ihr nicht mitzubringen, das bekommen wir. Genauso wie Getränke. Unser Flug geht um fünf Uhr morgens. Treffpunkt ist in der Empfangshalle des Flughafens. Dort treffen wir uns pünktlich um drei Uhr!«
Hans Werner sprang erfreut auf.
»Sehr schön! Da nehme ich meine Flinte mit, um mir ein schönes Tigerfell zu schießen. Und du, Weib, nimmst gefälligst einen Besen mit!« Dabei zeigte er mit seinem knochigen Finger auf Liz.
Die erwiderte mit einem finsteren Blick: »Ich soll bitte was?«
Ellena hatte die Situation sofort verstanden und redete beschwichtigend auf sie ein: »Beruhige dich! Das hat er doch nicht so gemeint.«
Von seinem Stuhl aus rief Hans Werner: »Und ob ich das so gemeint habe! Sie kann sich doch ruhig nützlich machen und du kannst einen Topf zum Kochen mitnehmen! Zu mehr ist eine Frau sowieso nicht fähig. Ihr könnt nur putzen und

kochen!« Jetzt wurde es Liz zu viel. Sie sprang auf und wäre Hans Werner bestimmt an den Hals gesprungen, wenn Ellena sie nicht festgehalten hätte. James wollte die Situation nicht noch mehr eskalieren lassen.
»Bitte beruhigt euch doch, Leute! Schließlich soll diese Fahrt doch eine schöne Erfahrung für uns alle werden.«
Hans Werner setzte noch einen drauf: »Das wird sie bestimmt, wenn die Weiber Besen und Töpfe nicht vergessen!«
Ellena, die Liz noch immer festhalten musste, dachte bei sich: *›Ja, eine schöne Reise, die wünsche ich mir auch!‹*

28. Juni, Masung Ville

Halb eins in der Nacht verließ Ellena im Schutze der Dunkelheit ihre Wohnung. Die Straßen waren so gut wie leer. Eigentlich hatte sie bei ihrem Rucksack und der Tragetasche kein Taxi nötig. Aber die Uhrzeit und dazu die Tatsache, dass sie erst gegen zehn eingeschlafen war, veranlassten sie doch zu einer Fahrt. Der Taxifahrer sah zwar etwas zwielichtig aus, dennoch fuhr er recht zügig. Im Stillschweigen auf beiden Seiten verlief die Fahrt auch nicht weiter aufregend. Ellena schaute verträumt aus dem Fenster. Genau wie die Straßenlaternen am Fenster vorbeirauschten, rannten auch ihre Gedanken an ihr vorbei. Was würde sie in diesem fremden Land erleben? Wen würde sie treffen? Es waren genau solche Fragen, die sie schon in der Nacht gequält hatten. Sie dachte nicht mehr an ihre kleine Wohnung, die in einem Monat, wenn sie wieder da wäre, wahrscheinlich vollkommen verwahrlost aussehen würde. Sie dachte nicht mehr an die Sache mit Julian, aber sie dachte an Blauwal. Ständig musste sie an ihren kleinen verblichenen Goldfisch denken. Ihm hätte es sicher riesigen Spaß gemacht, mal in einen echten tropischen See zu tauchen. Dieser Gedanke ließ Ellenas Herz schwer werden. Sie vermisste Blauwal so sehr, dass sie alles dafür gegeben hätte, den Kleinen wieder fröhlich in seinem Aquarium schwimmen zu sehen.

Die schrillen Schreie der Bremsen ließ sie hochschrecken.
»Wir sind angekommen. Das macht dann dreiundzwanzig dreißig!«
Ellena bezahlte und stieg aus. Der Taxifahrer half ihr noch mit ihrer Tragetasche, bevor er mit lautem Reifenquietschen in die Nacht verschwand.

Jetzt stand Ellena ganz für sich vor dem riesigen Flughafengebäude. Nur eine einzige Straßenlaterne spendete ihr Licht. Das Gebäude umfasste fünf Stockwerke und in Ellena keimte der Verdacht auf, dass sie sich sicherlich verlaufen hätte, wenn sie die Reise allein antreten müsste. Nach einer Zigarette, die ihren Puls etwas besänftigte, und trotz dieser Vorahnung nahm sie all ihren Mut zusammen und marschierte durch die Eingangstür. In der großen Vorhalle blieb ihr der Mund offenstehen. So viel Prunk und Luxus hätte sie in einem vornehmen Hotel erwartet, aber nicht in einem Flughafen. Der Boden war mit Marmorkacheln gefliest und die Wände zierten riesige Fenster, von denen aus man die startenden und landenden Flugzeuge beobachten konnte.
Im nächsten Moment begrüßte Liz sie mit einem leidenschaftlichen Kuss.
»Muss das denn sein? – Hier, in aller Öffentlichkeit?!«, fragte James, der ebenfalls schon eingetroffen war.
»Natürlich!«, erwiderte Liz mit einem charmanten Lächeln. »Dich habe ich schließlich auch so begrüßt, nicht wahr?«
Der Reiseleiter wandte den Blick ab und errötete aufs äußerste. »Oh ja, das hast du ...« Über diese Bemerkung musste Ellena schmunzeln.
»Jetzt fehlt ja nur noch einer«, stellte James fest.
»Und da kommt er auch schon!«, warf Liz missmutig ein.
Tatsächlich war Hans Werner im Laufschritt zu ihnen unterwegs. Er hatte einen riesigen Wanderrucksack auf dem Rücken, der mindestens doppelt so groß war wie Ellenas. An den Seiten baumelten eine kleine Pfanne und ein Stahlbecher, die im Rhythmus seiner Schritte wippten und klapperten. Zudem trug er seine Flinte wie einen wohlgehüteten Schatz in seinen Händen.
»Ach Leute ! Ich kann euch sagen: Bis man euch findet, ist es

ja übermorgen! Da wollte mich doch tatsächlich einer von diesen schwachköpfigen Polizisten rauswerfen, nur weil ich mein Schätzchen hier mitgebracht habe. – Ist doch wohl eine Frechheit, oder?«

Ellena stieß Liz leicht mit dem Ellenbogen in die Seite.

»Hey Liz, warum begrüßt du ihn nicht?«, stichelte sie.

»Ich würde eher diesen klebrigen Boden küssen, bevor ich meine Lippen auch nur einen Millimeter in seine Richtung bewege!«, gab die mit einem schroffen Unterton in der Stimme zurück.

Jetzt, da alle versammelt waren, konnte es endlich losgehen.

Doch schon am Zoll gab es die ersten Probleme. Hans Werner wollte sich einfach nicht von seiner geliebten Flinte trennen. Erst nachdem er zweimal blindlings in die Decke geschossen hatte, konnten ihn vier Polizisten überwältigen. Mehr durch Zufall als durch etwas anderes dufte Hans Werner nach einer zweistündigen Diskussion doch noch mit den anderen die Reise antreten. Allein der Verlust seiner Flinte stimmte ihn mehr als missmutig. War dieses Andenken doch alles gewesen, was ihn noch an seinen Vater erinnert hatte.

Bei all der Aufregung um Hans Werner bekamen Ellena und Liz gar nicht mit, dass James immer blasser wurde, je näher sie dem Flugzeug kamen. Als jeder im Flugzeug seinen Platz gefunden hatte, sprang James plötzlich auf.

»Ich hab mir die Sache noch mal überlegt. Eigentlich gefällt es mir hier in diesem Land so gut, dass ich gar nicht verreisen möchte.« Er wollte gerade zur Kabinentür gehen, als Hans Werner, der seinen Platz genau neben ihm hatte, ihn am Arm packte und zurück auf seinen Platz drückte.

»Hey Junge!«, fuhr er ihn an, »bist du ein Mann oder eine

Memme? Ich habe den Kalten Krieg durchgestanden, da wirst du doch wohl den kleinen Flug überleben!«
James wollte gerade etwas erwidern, als die Stewardess vorbeikam und die beiden bat, sich anzuschnallen.
Hans Werner musste bei diesen Worten grinsen.
»Hey Junge! Jetzt geht es los!« Freundschaftlich klopfte er James auf den Rücken und mit der anderen Hand drückte er ihm ein Kissen an die Brust.
»Hier! Daran kannst du dich festhalten!« Hans Werners lautes Lachen schallte über den Gang. James allerdings fand das gar nicht witzig. Der kalte Schweiß auf seiner Stirn hatte bereits dünne Rinnsale gebildet und seine Fingernägel gruben sich immer tiefer in das kleine weiße Kissen.
Währenddessen zog Liz drei Reihen hinter Hans Werner und James eine Schachtel Minzbonbons aus der Tasche. In der Box waren die einzelnen Dragees in silbrig glänzendes Papier gewickelt. Sie hielt Ellena, die den Platz neben ihr bekommen hatte, die Packung hin.
»Möchtest du auch ein Pfefferminzbonbon?« Ellena bedankte sich höflich, nahm eine der Süßigkeiten, wickelte sie aus und steckte sie in den Mund. Liz strahlte über das ganze Gesicht, als sich das Flugzeug langsam in Bewegung setzte. Wie ein kleines Kind rutschte sie auf ihrem Sitz hin und her und quietschte vergnügt, während ihre Rastalocken wippten.
»Hui, gleich fliegen wir, gleich fliegen wir!«
»Fliegst du auch das erste Mal, genau wie James?«, fragte Ellena neugierig.
»Ja, nur im Gegensatz zu ihm freue ich mich riesig!«
Hiermit war die Unterhaltung fürs Erste beendet, denn Liz war damit beschäftigt, aus dem Fenster zu starren und die wunderschöne Landschaft zu genießen. Das ließ ihr keine Zeit mehr für andere Dinge. Ellena nutzte die Gelegenheit,

um ein wenig in ihrem Lieblingsbuch zu lesen, das sie extra für die Reise eingepackt hatte.

Als das Essen serviert wurde, fing Hans Werner an, zu nörgeln. James war gleich nach dem Start eingeschlafen und Hans Werner wollte ihn nicht extra wegen eines falsch bestellten Essens wecken. Also pfiff er kurzerhand die Stewardess herbei und beschwerte sich ziemlich heftig.
»Fräulein, ich glaube, hier liegt ein Missverständnis vor. Ich wollte keinen Käse, sondern Schinken! Echten, guten, herzhaften Parmaschinken! Sehe ich etwa aus wie so ein Ökofritze, der nur Käse isst?« Die Stewardess entschuldigte sich mehrmals höflich, kramte in ihrem Servierwagen und tauschte die Brötchen aus. Aber damit war die Sache für Hans Werner noch nicht aus der Welt.
»Könnten Sie mir dann bitte noch die Kruste abschneiden? Ich bin Rentner und mein Gebiss war zu teuer, als dass ich mir an diesem harten Zeug die Zähne ausbeißen möchte!« Auch dieses Mal bewies die Stewardess eine Engelsgeduld, zückte ein Messer und schnitt vorsichtig die Kruste ab.
»Kann ich sonst noch etwas für Sie tun, Sir?«, fragte sie danach höflich.
»Nein danke, ich rufe Sie, wenn ich noch etwas brauche.« Bei diesen Worten musterte er sie von oben bis unten. »Wenn ich es mir recht überlege ... da wäre doch etwas! Falls Sie nachher ein wenig Zeit hätten, könnten wir beide doch schnell ...«
In diesem Augenblick wurde er jäh von James unterbrochen, der ihm den Mund zuhielt, sodass das Ungeheure ungesagt blieb. Er war von Hans Werners lauter Unterhaltung aufgewacht und hatte im letzten Moment eingegriffen.
»Das hat er nicht so gemeint«, lächelte James die Stewardess

an. »Sie müssen sein zügelloses Verhalten entschuldigen, er ist einfach etwas eigen.« Die Flugbegleiterin errötete und fing an, zu kichern.
»Hihi …, schon gut!« Sie schob ihren Servierwagen in die nächste Reihe, um die anderen Passagiere zu bedienen.
James atmete tief durch und wandte sich an Hans Werner.
»Hey, also ehrlich, wie kannst du nur eine unschuldige Frau belästigen?« Hans Werner tat seine Frage mit einer Handbewegung ab.
»Ach, sei still, Jungchen! Ich hab noch nicht mal angefangen. Hättest mich mal in meinen jungen Jahren erleben müssen! Da habe ich die Weiber reihenweise abgeschleppt.«
James wollte seine Anekdoten in diesem Moment wirklich nicht hören. Immer noch etwas schlaftrunken wandte er sich von Hans Werner ab, schmiegte sich wieder in sein Kissen und schlief kurze Zeit später wieder tief und fest. Hans Werner war empört, dass James seine wichtigen Lebensgeschichten nicht hören wollte. Beleidigt lehnte er sich zurück und murmelte noch ein paar Flüche vor sich hin. Dann fielen auch ihm die Augen zu.

Die Sonne war gerade wieder am Firmament aufgegangen, als der Pilot durch die Lautsprecher verkündete: »*Sehr geehrte Reisegäste, in wenigen Minuten erreichen wir unser Reiseziel Mahogi. Wir bedanken uns, dass Sie mit Tropical Airlines geflogen sind! Ich bin Ihr Flugkapitän Adam Newman und wünsche Ihnen noch einen sehr guten Flug und eine angenehme Landung!*«
Diese Durchsage weckte James etwas unsanft. Er hatte gerade von seinem gemütlichen Bett und seinen Teddy Joe geträumt. Noch ein wenig durcheinander stieß er mit den Ellenbogen Hans Werner in die Seite. Dieser schreckte hoch und schrie aufgebracht: »WAAAAAAS? Ein Bombenan-

griff? In den Bombenkeller! Schnell!«
»Um Gottes willen, schrei hier nicht so rum!«, ermahnte ihn James forsch. »Uns erwartet kein Angriff. Wir setzten nur gleich zur Landung an.«
Eilig zog Hans Werner eine Augenklappe aus seiner Jackentasche und setzte sie auf.
»Und was soll das jetzt?«, fragte James missbilligend. Hans Werner deutete auf die Augenklappe.
»IN-VA-LI-DE!« Bei diesem Wort betonte er jede Silbe. »Schon mal etwas davon gehört? Ich kann dir sagen, besseres Essen, weichere Betten und schärfere Weiber, die dich betreuen und verwöhnen. Aber nur, falls du verstehst, was ich meine.« Bei den letzten Worten wippte er mit den Augenbrauen und grinste. James stöhnte und verdrehte die Augen.
»Gott steh uns allen bei …!«, murmelte er, während er die Hände gefaltet hielt.
Eine weitere Durchsage des Kapitäns kündigte die Landung an. Alle Anschnallzeichen leuchteten auf und Liz musste sich beeilen, um rechtzeitig auf ihren Platz zurückzukommen. Die Stewardess musterte sie kritisch, als sie als Letzte durch den Gang hastete.
»Musste das jetzt noch sein?«, fragte Ellena von der Seite. Liz grinste hochnäsig und würdigte sie keines Blickes.
»Ich hätte ja auch auf den Sitz machen können. Doch das wollte ich dir dann doch nicht antun. Du siehst also, alles nur in deinem Interesse!« Ellena hatte für diese Antwort nur ein gestelltes Lächeln übrig.
»Wie nett! Ich danke dir für dein selbstloses Verhalten!«, säuselte sie.

Eine erdrückende Hitze herrschte, als sie alle gemeinsam das Flugzeug verließen. Schon von weitem sah Ellena die angelaufenen Fensterscheiben des Flughafens in der aufgehenden Sonne glitzern. Im Gebäude musste es bereits jetzt schon heißer sein als draußen. Die Passagiere drängten in einem stetigen Strom vorwärts. Jeder wollte nur raus aus dem Flugzeug. Plötzlich war Ellena im Gedränge untergegangen. Zahllose wildfremde Gesichter streiften sie im Vorübergehen auf der Suche nach dem schnellsten Weg zum Gepäckschalter. Sie hatte gar keine andere Wahl, als dem Strom zu folgen. Ellena vermutete, dass dort der beste Ort sei, ihre Mitreisenden wiederzufinden. Und richtig, schon von Weitem konnte sie Hans Werners Gebrüll hören.
»Was soll das bitte heißen, Sie haben meinen Koffer beschlagnahmt?!«, fuhr er den Zollbeamten scharf an. Ellena nahm derweil ihren Koffer in Empfang.
»Es tut mir außerordentlich leid, Sir. Aber in Ihrem Koffer befanden sich importwidrige Gegenstände. Außerdem bin ich nicht befugt, Ihnen noch weitere Informationen über den Verbleib Ihres Koffers zu geben.« Hans Werner wollte gerade zum Schlag ausholen, doch James war bereits zur Stelle, um ihn in letzter Sekunde zurückzuhalten.
»Ich denke, das ist alles nur ein Missverständnis. Hans Werner, würdest du dem netten Beamten bitte aufzählen, was alles in deinem Koffer war! Nur damit wir eine Verwechslung ausschließen können, meine ich.« Nach kurzer Bedenkzeit begann Hans Werner, an den Fingern abzuzählen.
»Eigentlich war darin nur das Übliche meine Ersatzflinte, drei Jagdmesser und Bambi, mein ausgestopftes Rehkitz ...« Ellena traute ihren Ohren nicht. Hans Werner konnte doch nicht im Ernst gedacht haben, dass er mit so einer Fracht durch den Zoll kam! Kopfschüttelnd kam Liz auf Ellena zu.

»Mit diesem alten Sack haben wir wirklich nur Schwierigkeiten! Komm, das kann noch eine Weile dauern. Wir zwei Hübschen schlendern schon mal zum Bus.« Liz nahm Ellena beim Arm und gemeinsam verließen sie das Terminal.

Der Parkplatz war sehr überschaubar und menschenleer. Nur ein einziger Bus stand gleich neben dem Eingang.
»Schau nur, das muss unserer sein«, sagte Liz voller Vorfreude, packte Ellena fester und zerrte sie in Richtung des Fahrzeugs. Kaum hatten sie den Bus erreicht, fuhr der mit quietschenden Reifen davon. Sie sahen nur noch das Blitzlichtgewitter der japanischen Touristen aus dem Fenstern des Busses. Entsetzt schaute Ellena ihnen nach.
»Wenn das nicht unser Bus war, welcher ist es denn dann?«, fragte Liz fassungslos.
In diesem Moment kam James aus dem Flughafengebäude gerannt. Sofort stürmte Liz auf ihn zu.
»Wo ist unser Bus?«, herrschte sie ihn an.
»Bus? Ich persönlich erwähnte nie einen Bus. Für meinen Teil bevorzuge ich ein anderes Transportmittel.« Mit diesen Worten deutete er auf einen altersschwachen Geländewagen, der am anderen Ende des Parkplatzes stand. Liz war sofort begeistert.
»Oh James, ich bin noch nie Geländewagen gefahren! Wie aufregend!«, rief sie und war schon unterwegs zu dem verrosteten Gefährt. Ellena seufzte resigniert. Was mochte nur noch alles passieren, bis sie endlich am Ziel waren?
Nachdem alle im Wagen platzgenommen hatten, fehlte nur noch einer: Hans Werner! Genervt trommelte Ellena auf dem Armaturenbrett herum, während sie an einer Zigarette zog.
»Wie lange braucht der den noch?«, fragte sie und schnaufte.

Doch kaum war diese Frage ausgesprochen, flog auch schon die große Eingangstür des Flughafens auf und eine Stewardess schob einen Rollstuhl in die gleißende Sonne. Ellena war es erst nicht klar, doch dann erkannte sie ihn! Es war Hans Werner, der darinsaß und zufrieden vor sich hin grinste. James war empört über so viel Dreistigkeit und schrie ihm über den gesamten Platz zu: »Das ist doch jetzt nicht wirklich dein Ernst?« Über diesen Vorwurf wurde Hans Werners Lächeln nur noch breiter.
»Ich habe es dir ja gesagt: IN-VA-LI-DE!«, dröhnte seine Stimme zurück.
Als die beiden beim Fahrzeug angekommen waren, gab ihm die Stewardess noch einen Abschiedskuss auf die Stirn. Ihr Lippenstift hinter ließ dabei einen rosa Kussmund.
»Passen Sie gut auf sich auf, Herr Stein«, sagte sie mit einem ausländischen Akzent, bevor sie seinen Koffer verlud und sich wieder Richtung des Terminals aufmachte. Alle starrten Hans Werner fassungslos an, doch dieser ließ sich davon nicht beirren. Er streichelte seine Ersatzflinte und grinste zufrieden.
Da nun auch der Letzte der Reisegesellschaft angekommen war, stand der Weiterreise nichts mehr im Wege.

Der Nachmittag war bereits vorangeschritten, als das Expeditionsteam den Strand erreichte. Sofort sprang Hans Werner aus dem Auto und rannte hinter den nächstgelegenen Busch. Liz schrie ihm hinterher:
»Aber beeil dich! Du musst mithelfen, das Lager aufzubauen!« James schaute Liz verwundert an.
»Du willst hier schon das Lager aufstellen? Aber unser Ziel ist doch dort drüben!« Mit diesen Worten deutete er auf eine kleine Insel mitten im Meer, die kaum am Horizont auszu-

machen war.

»Und wie sollen wir da hinkommen?«, fragte Ellenas Stimme aus dem Hintergrund. Ohne weitere Umschweife begann James, zu erläutern: »Ganz einfach, mit der Jacht, die unten am Hafen auf uns wartet.«

Liz' Augen begannen zu funkeln.

»Du ... du hast wirklich eine Jacht für uns organisiert?« James nickte zustimmend.

»Was stehen wir dann noch hier so blöd herum? Lasst uns endlich gehen!«, motze Hans Werner ungeduldig, trampelte an den anderen vorbei und machte im Gehen noch seine Hose zu.

Die Jacht lag in einem kleinen Hafen nicht weit vom Strand entfernt vor Anker. Die großen weißen Segel flatterten leicht im kühlen Wind. Fast sahen sie aus wie Wolken und waren viel größer, als sie Ellena sie sich vorgestellt hatte. Schon das Oberdeck überwältigte sie vollkommen, denn das dunkle Mahagoniholz bildete einen scharfen Kontrast zur weiß schimmernden Lackierung der Möbel. Außerdem war der Boden auf Hochglanz poliert, sodass Ellena sich fast darin spiegeln konnte.

»So, meine Damen und Herren, ich heiße Sie recht herzlich auf der ›*Big Blue Wale*‹ willkommen!«

Als James diesen Namen nannte, gefror Ellena das Blut in den Adern. Sofort erschien ihr das Bild von ihrem toten Goldfisch vor Augen. Allein der Gedanke an ihn ließ ihr Herz schmerzhaft zusammenkrampfen. Kleine Schweißperlen bildeten sich auf ihrer Stirn. Hans Werners Stimme verdrängte plötzlich das Bild und Ellena schreckte hoch.

»Was ist denn los mit dir? Bist du etwa schon seekrank? Dabei sind wir doch noch gar nicht losgefahren!« Ellena tat

diese Bemerkung ab und schaute hinauf zu den Wolken, die so leicht am azurblauen Himmel dahinschwebten.
»Ist schon gut, ich bin nicht krank.«
Liz hatte in der Zwischenzeit schon das gesamte Schiff erkundet. Freudestrahlend kam sie auf James zu und küsste ihn auf die Wange.
»Das hast du wirklich gut reserviert für uns! Ich möchte dir noch einmal dafür danken! – Wenn du mich jetzt bitte entschuldigst! Ich muss in meine Kabine und werde mir etwas anderes anziehen. Jetzt, am Spätnachmittag, ist es immer so heiß«, sagte sie, wandte sich um und verschwand im Bauch des Schiffes.
Es dauerte keine zehn Minuten, bis Liz wieder an Deck erschien. Sie trug einen Minirock mit Blümchenmuster und ein Bikinioberteil, das farblich passend zu dem Rock ausgesucht war. James' Augen weiteten sich.
»Du siehst großartig aus!« Liz lächelte auf diese Bemerkung.
»Ach, sieh an! Ich hätte nie gedacht, dass ich dich mal zum Stottern bringen würde.« Auch Hans Werner war hellauf begeistert. Zum ersten Mal auf dieser Reise.
»Also, Weib, eines muss ich dir lassen: Wenn ich zehn Jahre jünger und du zehn Jahre älter wärst ...« Liz schluckte.
»Das hättest du wohl gerne! Pah! Vergiss es!« Sie wandte sich Ellena zu und umschlich sie wie eine Katze.
»Und? Wie findest du es?« hauchte sie verführerisch. Doch Ellena ließ das völlig kalt.
»Ja, ich denke, sehr nett.« Liz traute ihren Ohren kaum.
»Nur sehr nett?«, schimpfte sie, »das ist alles? Mehr fällt dir nicht ein? Selbst dem alten Sack gefällt es!«, rief sie erbost.
»Meine liebe Liz, dein Outfit ist wirklich sehr nett, doch das sage ich nur, weil du meins noch nicht gesehen hast«, beru-

higte Ellena sie und verschwand nun ebenfalls im Bauch des Schiffes.
Als sie wieder ins Tageslicht trat, trug sie eine kurze beigefarbene Hose und ein weißes Unterhemd. Die Hose hatte sie mit Hosenträgern befestigt. Ihre zarten Füße steckten jetzt in schweren Wanderschuhen. Sofort waren die Herren der Schöpfung wieder vollauf begeistert. Auch Liz ließ sich einen interessierten Blick nicht entgehen, doch nur, um kurz darauf abschätzend die Nase zu rümpfen.
»Naja, deins ist auch sehr nett«, sagte sie zu Ellena und legte sich auf eine Liege, die an Deck stand. Hans Werner kam auf Ellena zu und musterte sie eindringlich von oben bis unten.
»Nun steht es fest. Du bist mein Dschungelmäuschen und die andere ist das kleine Blümchen. Ihr Zwei seid wirklich sehr heiß! Schade, dass ich nicht 10 Jahre jünger bin, ansonsten …«
Weiter kam er nicht, denn James hatte ihm mal wieder den Mund zugehalten.
»Es ist nun gut, alter Mann!«, rief er erbost und zog Hans Werner ans Heck des Schiffes, wo er die weite, offene See zu betrachten hatte.
»Von wegen, alt …!«, hörte Ellena ihn noch schimpfen, bevor sich das Schiff in Bewegung setzte.

Die Jacht legte vor einer kleinen Insel an. Die Möwen schrien und der typische Salzgeruch stieg Ellena, die vorne an der Reling stand, in die Nase. James lief währenddessen aufgeregt auf dem Deck hin und her.
»Na los! Jetzt beeilt euch doch mal! Wir müssen bis Sonnenuntergang unser Basislager aufgebaut haben«, rief er und gestikulierte wild mit seinen Händen. Hans Werner kam

verschlafen aus seiner Kabine und rieb sich dabei die Augen.
»Was machst du denn für einen Radau? Kann man sich denn hier nicht mal zu einem fünfminütigen Nickerchen hinlegen?«, motzte er.
»Es tut mir leid, dass ich Eure Majestät geweckt habe!«, spottete James sarkastisch. »Wenn du auch mal ein bisschen helfen würdest, wären wir schon längst fertig.«
Das ließ Hans Werner nicht auf sich sitzen. Er machte auf dem Absatz kehrt und schlurfte wieder in seine Kabine. Dabei murmelte er noch ein paar unverständliche Worte, bis die Tür hinter ihm zufiel. James atmete tief durch, dann verfiel er wieder in sein ständiges Auf- und Ablaufen. Ellena dagegen stand immer noch wie angewurzelt an der Reling und schaute auf die glitzernde See hinaus. Das Wasser war so klar, dass man bis auf den Grund sehen konnte. Als sie ihren Blick weiter schweifen ließ, sah sie ein paar bunte Fische, die vergnügt durchs Wasser schwammen.
›*Blauwal hätte es hier ganz sicher auch gefallen*‹, dachte sie traurig bei sich. Ein leichter Windhauch bewegte die Wedel der hochgewachsenen Palmen. Dieses Paradies erinnerte sie an diese unrealistischen Postkartenmotive, die es bei ihr daheim überall zu kaufen gab. Eine sanfte Berührung an der Schulter ließ sie aus ihren Gedanken hochschrecken. Ellena fuhr herum und sah Liz' freundliches Lächeln.
»Wir haben jetzt alles abgeladen. Du musst nun mitkommen oder möchtest du etwa allein auf dem Schiff bleiben und wieder zurückfahren? Na komm schon, ich bin auch nicht mehr sauer auf dich, weil deine Brüste größer sind als meine und in diesem Hemdchen einfach umwerfend aussehen!« Sie nahm Ellenas Hand und führte sie von Bord. Die ließ es wortlos geschehen, denn ihre Gedanken hingen noch immer bei ihrem verblichenen Freund Blauwal.

Das Krächzen der Vögel hallte unheimlich durch den Wald. Rings um das Expeditionsteam raschelte und knackte es. Es hörte sich an, als würde der Urwald leben. Ängstlich klammerte sich Liz an Ellenas Arm.
»Ich hab Angst! Wer weiß, welche Kreaturen hier im Gebüsch lauern. Bitte! Ellena, beschütze mich!«
»Ja, ja, wie du meinst …«, bemerkte sie beiläufig und zog an ihrer Zigarette. James, der diese Unterhaltung zufällig mit angehört hatte, kochte förmlich vor Wut. Er wünschte, jetzt selbst an Ellenas Stelle zu sein. Er hätte Liz' Anspielungen ganz sicher nachgegeben.

Nur mühselig ging es voran. Die hohe Luftfeuchtigkeit und der matschige Erdboden setzten der Gruppe allmählich immer mehr zu. Vor allem Hans Werner, der schon seit ein paar Jahren große Probleme mit seiner Hüfte hatte, quengelte bereits nach einer halben Stunde Fußmarsch.
»Können wir nicht mal eine Pause machen? Meine Hüfte bringt mich sonst noch um!« James, der vorauslief, blieb stehen und musterte den keuchenden und schwitzenden älteren Herrn.
»Mmmmh, du siehst wirklich nicht gut aus. Wir machen zehn Minuten Pause, aber dann geht es weiter.«
Während Hans Werner sich auf einen Baumstupf niederließ, kroch aus dem Unterholz eine handgroße Vogelspinne hervor. Als er das Tier erblickte, flammte Mordlust in seinen Augen auf. Schließlich war er ja extra wegen einer Trophäe hierhergekommen! Vorsichtig zog er seinen Schuh aus, um dem Tier den Garaus zu machen. Er wollte gerade zum Schlag ausholen, als Liz das wehrlose Wesen an sich riss und vor Entsetzen schrie: »NEIN! Töte sie nicht! Sie hat doch

dasselbe Recht, zu leben, wie du und ich!« Hans Werner stöhnte enttäuscht auf und verdrehte dabei die Augen.
»Aber ich will doch eine Trophäe von dieser Reise mit nach Hause nehmen!«, protestierte er. Ellena, die das Geschehen beobachtet hatte, mischte sich jetzt ebenfalls ein.
»Ich finde auch, dass du eine harmlose Spinne nicht aus reiner Mordlust umbringen solltest.« Liz bestätigte mit einem Kopfnicken. »Genau meine Meinung! Außerdem – wer meiner kleinen Flauschi etwas zuleide tut, der bekommt einen Tritt in den Allerwertesten!« Bei diesen Worten stöhnte Hans Werner ein weiteres Mal laut auf.
»Oh Gott, nein! Wenn es erst einmal einen Namen hat, kann selbst ich es nicht mehr töten!« Liz streichelte das kleine Tierchen vergnügt.
»Gut, dann ist es ja beschlossen! Herzlich willkommen in der Familie, Flauschi! Ich bin Liz, deine neue Mama.« Sie setze sich die Spinne auf die Schulter und es konnte endlich weitergehen.

Am Rand einer Lichtung blieb James plötzlich stehen.
»Hier ist der perfekte Ort! Hier bleiben wir und schlagen unser Lager auf!« Liz nickte zustimmend.
»Oh ja, hier ist es schön!« Während sie wie zu einem Baby ein paar Worte zu der Spinne sagte, streichelte sie Flauschi. »Ja, hier wird es uns gefallen, nicht wahr?«, brabbelte sie dem Tier zu. Ellena verdrehte die Augen. Manchmal wunderte sie sich über Liz. An manchen Tagen war sie so reif und elegant. Aber von einem Moment auf den anderen veränderte sie sich völlig und redete mit einer Vogelspinne, die wie ein Papagei auf ihrer Schulter saß, wie mit einem Baby.

Gesagt, getan. Alle halfen mit, das Lager aufzubauen. In der Mitte der Lichtung wurde eine Feuerstelle eingerichtet und alle Teammitglieder stellten ihre Zelte im Halbkreis darum auf. Als Ellena ihr Zelt aufgestellt hatte, betrachtete sie die Umgebung. Das dunkle Grün des Dickichts wirkte unheimlich. Überall knackte und raschelte es. Für Ellena stand fest: Sie waren in einen lebenden Organismus eingedrungen. Doch nun war es an der Zeit, ein wenig die Umgebung zu erkunden. Außerdem wollte sie sich mal wieder eine Zigarette gönnen. Kurzerhand zündete sich Ellena einen Glimmstängel an und marschierte los. Hans Werner und James waren mit dem Lagerfeuer beschäftigt, Liz saß daneben und redete auf ihr neues Haustier ein. Also verließ Ellena die Lichtung, um sich in der näheren Umgebung umzusehen.

Nicht weit vom Lager entfernt entdeckte sie einen kleinen Trampelpfad, dem sie folgte. Sie lief ein Stück in den Wald hinein und schon bemerkte sie, dass die Luftfeuchtigkeit anstieg. Sie hörte das Tosen von Wasser und roch den moosigen Geruch der umliegenden Natur. Die saugte das kühle Nass nur zu gerne auf und schloss es in sich ein. Ganz in der Nähe musste sich ein Wasserfall befinden! Keine zehn Schritte weiter entdeckte sie das imposante Naturschauspiel. Von einer riesigen weißen Felswand stürzte das Wasser in ein kreisrundes Becken, um daraus in einem kleinen Bach abzufließen. Ellenas Augen wurden groß. Ein letztes Mal zog sie an ihrer Zigarette, bevor sie diese auf dem Weg austrat. Dann ging sie zum Ufer des Teichs, um den Wasserfall von Nahem zu betrachten. Er war wirklich majestätisch, und wenn sie gegen den azurblauen Himmel sah, bildeten die spitzenden Wassertropfen sogar einen Regenbogen. Sie schaute in das Becken und konnte an dessen Rand bis auf den Grund sehen. Goldene Fische schwammen darin und

hellgrüne Wasserpflanzen rundeten dieses paradiesische Bild ab.
»Oh, wie wundervoll es doch hier ist«, sagte Ellena zu sich und schaute verträumt ins Wasser. Als sie nach ein paar Minuten ganz tief in ihren Gedanken versunken war, tippte sie plötzlich jemand von hinten an.
Ellena erschrak fürchterlich und fiel kopfüber in das kalte Wasser. Sie konnte im Becken stehen, dennoch war sie komplett durchnässt. Als sie aufsah, entdeckte sie am Rand Liz, die verlegen kicherte.
»Tut mir leid, ich wollte dich nicht derart erschrecken. James sagte nur, ich solle dich holen, weil wir unser Camp einweihen wollen«, berichtete sie und lächelte schief. Ellena schaute finster drein und zischte: »Ist in Ordnung! Ich komme sofort mit.«
Im Basislager angekommen zog Ellena als Erstes trockene Sachen an. Gleich darauf hielt James eine umfangreiche Rede, doch Ellena konnte sich nicht darauf konzentrieren. Die neue Umgebung und die vielen Eindrücke hatten sie völlig in ihren Bann geschlagen.

Gegen Einbruch der Dunkelheit waren alle Zelte aufgebaut und das Lager eingerichtet. Eine unheimliche Stille lag über dem Camp. Hans Werner hatte es sich mit einem eigens angespitzten Stock am Lagerfeuer gemütlich gemacht. Stolz wie er war, meinte er, er müsse die anderen beschützen und Nachtwache halten. Ellena hatte sich bereits früh in ihr Zelt zurückgezogen, um in Ruhe noch etwas in ihrem Lieblingsbuch zu lesen. Sie hatte gerade das Licht gelöscht und sich in ihren Schlafsack gekuschelt, als draußen plötzlich Schritte zu hören waren. Scheinbar schlich jemand um ihr Zelt herum. Sie schenkte dem Geräusch jedoch keine Beachtung, schließ-

lich wollte sie gar nicht mehr nach Hause zurück. Dort gab es schließlich nichts als ihre vereinsamte Wohnung.
Sie war schon fast eingeschlafen, als sich plötzlich der Reißverschluss ihres Zeltes langsam aber stetig nach oben schob. Ellena hörte das Geräusch sehr wohl. Trotzdem wagte sie es nicht, sich zu rühren. Sie stellte sich schlafend.
Jemand kroch lautlos in Ellenas Zelt. Schon nach wenigen Augenblicken wusste sie, wer es war. Sie öffnete die Augen und sah, dass sie mit ihrer Vermutung recht hatte. Der verführerische Duft von Rosen und Pfefferminze hatte den Eindringling verraten.
»Das ziemt sich aber nicht für eine Dame«, stellte Ellena wie beiläufig fest. Liz zuckte zusammen und fühlte sich ertappt.
»Was … ich … also … nein …«, versuchte sie sich zu rechtfertigen.
»Warum bist du hier?«, fragte Ellena geradeheraus. Liz bekam große Augen.
»Ellena? Das hier ist dein Zelt? Ich wollte eigentlich … nun, sagen wir, in ein anderes Zelt«, stammelte Liz und lächelte verlegen.
»Wolltest du zu Hans Werner?«, stichelte Ellena und grinste breit. Diese Vermutung erzürnte Liz.
»Wie kannst du nur so etwas denken! Nein, dem hübschen James wollte ich einen Besuch abstatten, um ihm seine steife Art auszutreiben. Aber nun bin ich ja hier bei dir gelandet«, sagte sie und lächelte. Ellena wurde etwas mulmig zumute, doch als Liz kicherte, verflüchtigten sich all ihre negativen Gedanken.
»Ich geh dann mal wieder«, sagte Liz und wandte sich zum Gehen.
»Ich wünsche dir viel Spaß im Nachbarzelt«, sagte Ellena und winkte ihr zum Abschied.

Nur wenige Minuten später hörte Ellena einen Schrei von draußen. Als sie alarmiert ihren kurzen braunen Haarschopf aus dem Zelt steckte, lief James gerade an ihrer Behausung vorbei in Richtung des Wasserfalls. Als sie den Blick in Richtung von James' Zelt wandern ließ, entdeckte sie Liz, die gerade herauskam, während ihre Rastazöpfe wild umherflogen.

»Er ist einfach abgehauen! So haltet ihn doch! Er entwischt mir sonst!«, rief Liz und lief ebenfalls Richtung Wasserfall. Hans Werner war am Lagerfeuer eingenickt und hielt seinen Stock immer noch fest umklammert. Vermutlich würde er morgen wieder erzählen, er habe die ganze Nacht am Feuer gewacht und würde alle anderen dazu drängen, sich für diese ruhmreiche Heldentat bei ihm zu bedanken. Ellena musste schmunzeln. Sie waren schon eine interessante Reisegruppe. Nun zog sie ihren Kopf ein und ging schlafen.

30. Juni, Mahogi

Früh am Morgen weckte James lauthals alle anderen.
»Aufstehen, aufstehen! In zehn Minuten treffen wir uns am Lagerplatz, und zwar voll ausgerüstet!«
Es war wie ein Wunder. Niemals hätte James für möglich gehalten, dass das gesamte Team sich nach weniger als zehn Minuten am angegebenen Ort einfinden würde. Er hätte ja selber nie gedacht, dass er nach der gestrigen Nacht heute so früh wieder auf den Beinen sein könnte. Unverzüglich suchte sich James eine Erhöhung, von der aus er seine morgendliche Rede zu halten gedachte.
»Guten Morgen, alle miteinander! Heute ist es also so weit! An diesem wunderschönen Tag werden wir Geschichte schreiben!« Liz verzog skeptisch das Gesicht.
»Also gestern hast du dich nicht gerade mit Ruhm bekleckert. Da bin ich schon gespannt, mit welchem Plan du uns berühmt machen willst?« Doch auf diese Frage hatte James wohl nur gewartet. Endlich konnte er Liz mit seinem Wissen beeindrucken und seinen mädchenhaften Abgang von vergangener Nacht wieder gutmachen. Vielleicht würde sie ihm dann auch verzeihen, dass er sich bis zum Hellwerden aus Angst vor Flauschi im Gebüsch des Wasserfalls versteckt hatte.
»Also, vor Tausenden von Jahren lebte genau hier in diesem Dschungel ein beeindruckendes Volk. Man erzählt sich, sie bauten Tempel und hatten sogar eine eigene Schrift!« Hans Werner wurde langsam ungeduldig.
»Bla, bla, bla … jetzt komm schon zur Sache, mein Junge, sonst sitzen wir morgen noch hier!« James hatte für kurze Zeit den Faden verloren.
»Äh, ist gut. Ja, wo war ich jetzt? Ach ja! Also die Tempel.

Wir werden heute Geschichte schreiben, indem wir einen dieser sagenumwobenen Tempel entdecken und erforschen.« Ellenas Augen weiteten sich. Hatte James da gerade einen uralten Tempel einer untergegangenen Zivilisation erwähnt? Sogleich fühlte sie sich wie Lara Croft auf einer ihrer berühmten Schatzsuchen. Konnte es wirklich sein, dass sie auf ihrer letzten Reise noch etwas in ihrem Leben erreichen würde?

Gegen Mittag brannte die Sonne heiß vom Himmel. Die Luft war stickig, die Luftfeuchtigkeit schien ins Unermessliche gestiegen zu sein. Die kleine Gruppe wanderte im Gänsemarsch durch den Dschungel. James ging als Gruppenleiter vorneweg und Ellena musste als Letzte gehen. James hatte gemeint, sie könnte am besten Gefahren entdecken, die sich von hinten anschlichen. Ellena hatte schon viel über den Dschungel gelesen. Aber die echte Natur war viel schöner als es jede Farbkopie in einem ihrer Lexika hätte sein können. Viele der Pflanzen erkannte sie wieder, aber es gab nicht nur interessante Flora, sondern auch die Fauna war atemberaubend schön. Die bunten Vögel in den Baumwipfeln zwitscherten und die kleinen Reptilien flohen schnell vor der herannahenden Gruppe. Dieser Dschungel war wie ein grünes Wunder. Geheimnisvoll fielen die Lichtstrahlen durch die Wipfel der Bäume. Dunst zog sich wie ein Schleier durch den Wald und jedes Blatt glänzte feucht. Die Erde roch moosig und nach Leben.
Plötzlich hörte sie hinter sich ein leises Knacken. Erschreckt fuhr Ellena herum. Doch noch bevor sie die anderen irgendwie warnen konnte, stürmte schon ein Tiger aus dem Gebüsch. Ellena war in diesem Moment wie versteinert. Das Ungeheuer schaute ihr direkt in die Augen. Dann kam es auf

sie zugerannt. Mit Entsetzen sah Ellena die scharfen Fangzähne der Bestie aufblitzen. Sie glaubte schon, ihr letztes Stündlein hätte geschlagen, aber in gewisser Weise war sie auch erleichtert. So sollte es also enden!
Doch kurz vor Ellenas Füßen verlangsamte der Tiger seinen Lauf. Sie dachte schon, er würde zum Sprung ansetzen, doch stattdessen schlug das anmutige Tier einen Haken und rannte an Ellena vorbei. Als Liz das Raubtier sah, fing sie panisch an zu schreien. Sofort drehten sich James und Hans Werner um.
»Was ist denn passiert?«, fragte James besorgt.
»Ein Tiger! Ein Tiger! Ich habe einen Tiger gesehen!«, schrie Liz hysterisch. Sofort herrschte allgemeines Chaos. Während James damit beschäftigt war, Hans Werners Mordlust zu besänftigen, war Liz in die Hocke gegangen, hatte Flauschi an sich gepresst und begonnen, bitterlich zu weinen. Ellena versuchte, Herrin der Lage zu werden.
»Jetzt beruhigt euch doch erst einmal!«, rief sie. »Es ist doch noch nichts geschehen. Aber ich betone das ›noch‹, denn ich glaube, der Tiger ist vor etwas noch Größerem oder zumindest etwas Gefährlicherem weggelaufen.« James schaute Ellena verwundert an.
»Was ist denn bitte schlimmer als ein Tiger?« Ellenas Stimme klang in diesem Moment wie ein Raunen, das durch den Dschungel lief.
»Vielleicht sind es ja Monster?« Bei dem Wort Monster schrie Liz plötzlich auf.
»WAAAS? MONSTER? Oh mein Gott!«, rief sie und sprang vor Verzweiflung ins nächste Gebüsch. Der immer hilfsbereite James folgte ihr sogleich, um sie zu beruhigen. Hans Werner protestierte lauthals: »Was? Monster? So etwas gibt es doch überhaupt nicht! Ich habe zu viel mitgemacht, als

dass ich an solche Ammenmärchen glauben würde!«
Aus heiterem Himmel kam ein schwacher Wind aus dem Inneren des Waldes auf. Mit einem Mal drangen merkwürdige Laute an Hans Werners Ohr. Auch Ellena hatte die Geräusche vernommen und blickte in Richtung des Waldesinneren. Langsam bildeten die Töne eine Melodie. Dann sah Ellena viele Wesen, die rasch aus dem Wald kamen. Sofort stürzte sie sich ebenfalls ins Gebüsch und zog dabei auch Hans Werner hinter sich her.
Leise flüsterte Hans Werner: »Ist ja schon in Ordnung! Ich gebe es ja zu! Es gibt mehr zwischen Himmel und Erde, als wir mit unserem mickrigen Verstand wahrnehmen können!«
Langsam schob Ellena die Zweige beiseite, um besser hören und sehen zu können. Die Melodie war bis dahin schon wesentlich lauter geworden. Kaum war Ellenas Sichtfeld frei, konnte sie die Wesen sehen, die aus dem Inneren des Urwalds kamen. Es waren seltsame Kreaturen, die zwar gebückt, aber dennoch auf zwei Beinen gingen. Ihr Erscheinungsbild war unförmig. Der Rumpf war optisch nicht genau vom Kopf zu trennen. Sie gingen vielmehr ineinander über. Eine Art Umhang bedeckte die Körper der Wesen. Der war mit zahllosen bunten Federn geschmückt. Einige von diesen Wesen waren mit langen Speeren bewaffnet. Andere hatten große Äxte oder Messer bei sich. Die waren edel geschmückt und so poliert, dass sie in der Mittagssonne metallisch glänzten. Als sie näherkamen, erkannte Ellena voller Grauen, das anstatt der Gesichter nur die blanken Knochen der Schädel zu sehen waren. Der plötzliche Schreck saß Ellena tief in den Gliedern. Alle Farbe wich aus ihrem Gesicht. Nicht nur, dass diese Wesen keinen einzigen Fetzen Haut oder gar Fleisch auf den Knochen trugen. Noch sonderbarerer war, dass sie aus den sonst leeren Au-

genhöhlen echte Augen anstarrten! Das Blut gefror ihr bei diesem entsetzlichen Anblick in den Adern.
Doch das alles reichte noch nicht. Jetzt musste ausgerechnet auch noch eines der Wesen direkt auf den Busch zukommen, in dem sie alle saßen. Ellena wusste genau, wenn sie jetzt entdeckt würden, wäre alles aus. Das Ungeheuer würde sie und auch ihre anderen Kameraden mitnehmen und bei lebendigem Leibe verspeisen.
Langsam kam die Kreatur gefährlich nahe. Ellena konnte ihre glänzenden Augen in den dunklen Höhlen sehen und so sonderbar es auch war, in irgendeiner Weise gefielen ihr diese Augen. Ihre Bernsteinfärbung mit den charakteristischen grünen Flecken weckte ein Gefühl in ihr, das sie einfach nicht beschreiben konnte. Dann stand das Untier genau vor dem Gebüsch, in dem Ellena und die anderen saßen. Ellena kniff die Augen zusammen. Gleich würde alles vorbei sein. Langsam beugte sich das Wesen zu ihnen hinunter, doch aus heiterem Himmel durchschnitt ein schriller Schrei die Luft. Sofort blickten alle Kreaturen auf und wie auf ein Zeichen hin rannten sie alle im selben Moment davon.
Als sie sich ein ganzes Stück entfernt hatten, atmete Ellena tief ein und wieder aus. ›*Das war Rettung in letzter Sekunde gewesen!*‹, dachte sie bei sich und ließ sich auf die Erde fallen. Damit war die Gefahr erst einmal vorüber und alle waren mit einem Schrecken davongekommen.
»Oh mein Gott, was waren das nur für Wesen?«, fragte James und schien wirklich fasziniert und schockiert zugleich zu sein. Liz hingegen saß im hinteren Teil der Hecke und weinte bitterlich.
»Monster waren das! Ich sage es euch! Wir sollten schnellstmöglich hier verschwinden, bevor sie uns erwischen!«, wim-

merte sie. Doch Hans Werner war da ganz anderer Meinung. Er sprang auf und zückte seine Flinte.

»Von wegen, verschwinden! Wir müssen unbedingt eins erschießen, damit wir einen wunderschönen Kopf haben zum Aufhängen über dem Kamin!«, rief er und lachte schallend. Ellena rollte die Augen. Jetzt spielte er wieder den großen Jäger! Dabei hatte er bis vor wenigen Minuten noch wie ein kleiner Junge unter dem Busch gekauert und um sein Leben gefürchtet!

Als Ellena aus ihren Gedanken erwachte, versuchte James schon wieder, Hans Werner vom Schießen abzuhalten. Liz hatte sich wieder einigermaßen gefangen und streichelte Flauschi. Dann ergriff James das Wort.

»Ich denke, wir haben für heute genug erlebt. Wir sollten zurück zum Basislager gehen und morgen weiter nach Ruinen suchen.« Diesem Vorschlag stimmten alle zu. Und damit gingen sie wieder zurück.

Als die Dämmerung hereingebrochen war, saßen sie alle am Lagerfeuer und Ellena rührte in dem Bohneneintopf, den es jetzt wahrscheinlich öfter geben würde. Hans Werner polierte seine Flinte.

»Also heute haben wir eine interessante Entdeckung gemacht, meine Lieben«, ergriff James das Wort. Liz erschauderte.

»Können wir bitte über etwas anderes reden?«, verlangte sie. »Ich möchte nicht mehr daran denken! Schlimm genug, dass wir hier darauf warten, gefressen zu werden von diesen ... diesen Dingern!« Ellena schmunzelte.

»Ellena! Ich weiß ja nicht, was daran so witzig ist, aber wenn du anderer Meinung bist, kannst du das gerne sagen«, ereiferte sich Liz weiter.

»Also ich denke, dass diese Wesen menschliche Züge haben. Habt ihr ihre Augen gesehen? Die sind genau wie unsere.« Hans Werner schüttelte energisch mit der Faust und rief: »So ein Quatsch! Diese Wesen sind so animalisch wie jedes andere Tier! Ich habe die Mordlust in ihren Augen gesehen und das animiert mich noch mehr, mir eins für meine Trophäenwand zu schießen!« Er lachte schallend und Liz verdrehte wieder die Augen. Es hatte einfach keinen Sinn, mit diesem alten Trottel ein vernünftiges Gespräch führen zu wollen!

Nun erhob sich James und verkündete: »Ich werde die erste Wache übernehmen. Ihr anderen solltet schlafen gehen, denn ich bin mir ziemlich sicher, dass wir morgen eine dieser sagenumwobenen Ruinen finden werden!«

Damit gingen alle in ihre Zelte. Ellena las noch ein wenig in ihrem Lieblingsbuch und genehmigte sich noch eine Zigarette, bevor sie friedlich einschlief.

Mitten in der Nacht erwachte sie und richtete sich energisch auf. Hatte sie da gerade etwas gehört? Neugierig geworden steckte sie ihren Kopf aus dem Zelt und entdeckte Hans Werner, der mal wieder während seiner Wache am Feuer eingeschlafen war. Ansonsten war niemand zu sehen. Ellena wollte gerade wieder schlafen gehen, als sie plötzlich eine ferne Melodie hörte. Es klang wie ein Lied, das Ellena tief in ihrem Inneren berührte. Es drang in ihren Geist und sofort wusste sie genau, dass sie diesen wundervollen Klängen nachgehen musste. Also machte sie sich auf den Weg in Richtung des Wasserfalls. Daher schien diese Melodie zu kommen.

Der Mond strahlte am Himmel und tausende Sterne funkelten. Sie tauchten den Wasserfall mit seinem kleinen Wasserbecken in einen mystischen silbernen Glanz. Ellena war fasziniert von diesem zauberhaften Schauspiel. Glühwürmchen tanzten vor dieser paradiesischen Kulisse. Am Ufer des Wasserfalls entdeckte Ellena eine weiße Gestalt, die mit ihrer Hand im Wasser spielte und dabei diese unvergessliche Melodie summte. Wer mochte dieses Wesen sein? Als Ellena genauer hinschaute, bemerkte sie die vielen Details, die das Wesen am Wasserfall so wunderschön machten. Zum einen war da das goldene Haar, das mit Perlen durchzogen war, die im Mondlicht glitzerten. Dann trug die Gestalt eine lange weiße Tunika, die mit feinen goldenen Stickereien verziert war. Ellena war vollkommen verzaubert von dieser Erscheinung. Zusätzlich zog sie das Lied wie magisch an. Langsam schlich sie noch näher an die Gestalt heran und lauschte auf die wundervolle Melodie. Es war ein bezaubernder Moment, der jedoch augenblicklich endete, als Ellena entdeckt wurde. Sogleich verstummte das Lied und das Wesen schaute Ellena eine ganze kleine Ewigkeit wie gebannt an. Sekunden dehnten sich wie Stunden, und Ellena verlor sich in den großen bernsteinfarbenen Augen des wunderschönen Wesens. Seine Gesichtszüge waren zart und dennoch hatte es eine kantige Wangen- und Kinnpartie. Die kleine Stupsnase rundete das Gesicht ab und verlieh ihm ein jugendliches Aussehen. Ellena erstarrte. Diese Schönheit war einfach zu viel für sie. Das Wesen floh genau in dem Moment, als sie etwas sagen wollte. Als es im nahegelegenen Wald verschwunden war, schien auch das Licht des Mondes ihm gefolgt zu sein. Ellena fand sich im Dunkel der Nacht wieder und fühlte sich seltsam verlassen.

Am nächsten Morgen waren alle wieder früh auf den Beinen. Ellena hatte sich von ihrer nächtlichen Begegnung noch nicht richtig erholt. Diese magischen Augen verfolgten sie in

ihren Träumen. Ihre Schönheit war einfach atemberaubend.
James riss Ellena aus ihren Gedanken.
»Heute werden wir früh aufbrechen, um endlich berühmt zu werden!«, verkündete er lautstark. Liz quiekte vergnügt und Hans Werner hatte schon wieder seine Flinte gezückt.
»Ich kann es kaum erwarten!«, rief der Alte und schulterte seinen Rucksack.
Nach einem längeren Marsch durch den tiefen Dschungel eröffnete sich vor der kleinen Gruppe eine Schneise von ungeahntem Ausmaß. Am Rand dieser Lichtung war ein höhlenartiger Eingang zu sehen. James bestaunte den Fund mit weit aufgerissenen Augen.
»Das ist ja großartig!«, fing er an zu schwärmen. »Ich glaube, wir haben gerade …«
»Eine winzige, stinkende Höhle entdeckt?«, beendete Liz spöttisch seinen Satz.
»Nein! Diese Höhle wurde wahrscheinlich von Menschenhand erschaffen. Seht ihr hier die aufgeschichteten Steine mit der besonderen Gravur?« Dabei deutete er auf den Rundbogen, der den Eingang umrahmte. Mit einer abwertenden Handbewegung tat Hans Werner James' Worte ab.
»Ja, ja, wie auch immer! Lasst uns jetzt hineingehen und schauen, was drinnen so los ist!« Er lud seine Flinte durch und stolzierte anmutig voran. James schüttelte nur empört den Kopf. Er konnte diesen alten Mann einfach nicht verstehen! Dann folgte er mürrisch den anderen.
Liz klammerte sich an Ellenas rechten Oberarm. Je tiefer sie in die Höhle vorstießen, desto dunkler wurde es. Als sie gerade noch die eigene Hand vor Augen sehen konnten, fragte Hans Werner resigniert: »Hat denn keiner von euch jungen Hüpfern an eine Fackel, Taschenlampe oder etwas Ähnliches gedacht?« Doch auf eine Antwort wartete er

vergebens. »Nun gut, ich habe es mir ja schon gedacht!«, seufzte er. »Dann müssen wir uns eben unseren Weg ertasten!«, und mit einem geübten Satz tauchte er in die Dunkelheit ab.
Einen Moment herrschten nur absolute Stille und Finsternis. Doch aus heiterem Himmel schrie Liz entsetzt auf.
»Ah! Du Lustmolch!« Das Geräusch eines dumpfen Schlages durchschnitt die Finsternis. James stöhnte auf.
»Aua! – Hallo? Wofür war dieser Hieb denn bitteschön?«
Liz entgegnete entschuldigend: »Oh, tut mir leid! Ich wollte den alten Sack erwischen, weil er mir gerade an den Hintern getatscht hat.« Daraufhin hörte man nur ein leises Kichern in der Dunkelheit.
Auf einmal entdeckte Ellena ganz am Ende des dunklen Ganges ein Licht. Es flackerte wild, wie wenn Feuer durch einen Luftzug aufflammt. Ellena stutzte und wandte sich an die Gruppe, um von ihrer Sichtung zu berichten.
»Schaut mal, da drüben! Ist das nicht eine Fackel oder sowas?«, fragte sie in die Dunkelheit. James war sogleich begeistert.
»Diese Entdeckung zeugt eindeutig von einer höheren Spezies, die diese Höhle als Unterschlupf nutzt.«
Im nächsten Moment flüsterte Hans Werner mit geisterhafter Stimme ganz nah an Liz' Ohr: »Genau, nämlich Monster …!« Erschrocken schrie Liz auf.
James fuhr mit einem lauten »Pssst!« dazwischen. »Ich glaube, ich höre da etwas! Lasst uns bis zu dieser Lichtquelle gehen und nachsehen!«, schlug er vor.
Gesagt, getan. Alle Mitglieder versammelten sich rund um die Fackel und lauschten in die Dunkelheit hinein. Und tatsächlich – aus dem Innersten der Höhle drang eine Art Gesang, gemischt mit Trommelschlägen und Hörnerklän-

gen.

»Wa-wa-was ist das?«, fragte Liz verängstigt.

James entgegnete wie immer trocken in seiner erklärenden Art: »Nun, was du da hörst, sind wahrscheinlich Gesänge einer noch unentdeckten Zivilisation.« Hans Werner war sofort hellauf begeistert.

»Super! Dann lasst uns gehen und den Wilden einen Besuch abstatten. Vielleicht komme ich jetzt doch noch zu meinem Souvenir! Am liebsten wären mir ja Gold und Edelsteine, aber mir reicht auch ein bisschen Tabak.« Für diesen unnützen Kommentar erntete er nur einen bösen Seitenblick und ein verächtliches Schnauben von Liz.

Sie gingen immer weiter in die Höhle hinein, bis die Klänge am deutlichsten zu hören waren. Die Sprache des Gesangs war unverständlich, doch die Melodie weckte Schreckensgefühle in Ellena. Durch einen Durchbruch in der Höhlenwand eröffnete sich ihnen eine riesige Kammer, die mit Fackelschein durchflutet war. Überall an den Wänden waren merkwürdige Zeichen und Wesen gemalt, die durch das flackernde Licht zu tanzen schienen. Von der Decke hingen an Lianen befestigte Skelette, die über und über mit Schmuck behängt waren. In der Mitte des Raumes war ein riesiges Lagerfeuer aufgeschichtet, das munter vor sich hin loderte. Um dieses gigantische Feuer tanzten jene Kreaturen, die sie gestern Mittag im Wald gesehen hatten. James, Liz und Ellena starrten wie gebannt auf dieses Schauspiel. Lediglich Hans Werner konnte nur einen Teil der Höhle einsehen, da er zu klein war, um ganz über den Vorsprung hinwegsehen zu können. Daher stützte er sich auf seine Unterarme und schob den Kopf ruckartig über den Vorsprung. Doch plötzlich verlor er das Gleichgewicht, fiel vornüber, vollzog in der Luft einen Salto und landete mit dem Gesäß voran direkt auf dem Altar, der unter dem Durchbruch aufgebaut war.

Augenblicklich verstummte jeglicher Gesang. Hans Werner, der immer noch etwas benommen war, schaute sich nach allen Seiten um. Erst jetzt bemerkte er, wo er eigentlich gelandet war.
»Äh ... hallo ... ich komme in Frieden!«, sagte er mit einem leichten Zittern in der Stimme. Die seltsamen Kreaturen starrten ihn an. Dann zückten sie ihre Speere und kamen mit lautem Gebrüll auf Hans Werner zugerannt. Kurz vor dem Altar stoppten sie ihre Attacke und hielten ihm die Speerspitzen unter die Nase. Hans Werner war umzingelt.
James, Liz und Ellena, die das Szenario von oben mit angesehen hatten, versuchten, zu fliehen. Doch als sie sich umdrehten, um in Richtung des Ausgangs zu laufen, waren sie schon von allen Seiten umringt und auch auf sie wurden unzählige Speere gerichtet. Ihre Situation schien ausweglos zu sein.

1. August, Mahogi

Langsam bohrte sich Liz' Stimme in Ellenas Unterbewusstsein. Sie schien nach ihr zu rufen, doch die einzelnen Worte vermochte sie nicht zu verstehen. Allmählich wurden ihre Gedanken klarer, dann öffnete sie ihre Augen. Das Erste, was sie erblickte, war Liz' verzweifelter Gesichtsausdruck. Sie hatte sich über Ellena gebeugt, denn so wurde es im Erste-Hilfe-Kurs gelehrt.
»Wo sind wir?«, fragte Ellena unbeholfen.
»Sie haben uns mit in ihr Dorf genommen und in diesen riesigen Käfig gesperrt. Stell dir vor, diese grässlichen Monster waren Menschen!« Daraufhin ließ Ellena den Blick schweifen und tatsächlich! Alle Mitglieder der Gruppe waren in einem riesigen Käfig gefangen, der aus groben Holzstäben gefertigt war. Dieses Gefängnis stand auf einer Art Marktplatz. Zahllose Menschen in weißen Leinentuniken eilten geschäftig an ihnen vorbei, ohne sie auch nur eines Blickes zu würdigen. Andere wiederum blieben stehen und gafften sie an, als wären sie wilde Tiere im Zoo. Wo waren sie hier nur gelandet?

Um die Mittagszeit herum bildete sich vor dem Käfig eine riesige Menschentraube. Von ihrer Neugierde gepackt drängte sich Liz an die Gitterstäbe.
»Wisst ihr, was da los ist?«, fragte sie aufgeregt.
Hans Werner antwortete knapp: »Was denkst du denn? Sie bereiten gerade den großen Topf vor, in dem sie uns kochen werden. Aber dich werden sie zuerst holen, immerhin siehst du am schmackhaftesten von uns allen aus. So viel köstliches Fleisch auf den Rippen!« Liz wandte sich mit gerümpfter Nase ab.

»Soll das etwa heißen, dass ich fett bin? Sowas! Das muss ich mir nicht gefallen lassen! Stimmt es nicht, Flauschi?«, fragte sie mit noch immer gerümpfter Nase und streichelte mit ihrem Zeigefinger die schwarze Spinne, die weiterhin reglos auf ihrer Schulter hockte.

Wie aus heiterem Himmel ertönten plötzlich Hornsignale. Sie kündigten scheinbar etwas an. Die Menschenmasse teilte sich und durch den freien Korridor, der so entstanden war, schritt würdevoll ein gutgebauter Mann mit einer leichtgebräunten Hautfarbe. Er musste um die 40 Jahre alt sein und trug enge Beinkleider sowie reichbestickte Ledersandalen. Sein Umhang bestand aus feinster karminroter Seide, welcher vorn von einer goldenen, mit Rubinen besetzen Spange zusammengehalten wurde. Sonst war sein Oberkörper vollkommen nackt, sodass seine goldene Haut hervorschaute. Über seine Arme schlängelten sich jeweils zwei rote Linien, die auf seinen Schultern kunstvoll in zwei großen Sonnen endeten. Sein blondes Haar glänzte in der Sonne wie gesponnenes Gold und fiel in glatten Strähnen über seinen Rücken. An seiner Seite lief ein wunderschönes Wesen von atemberaubender Schönheit. Ellenas Atmen stockte. Sie war wie verzaubert von dieser Anmut und Grazie. Das lange, blonde Haar der Schönen war zu einem Zopf zurückgebunden. Ihre Frisur war mit Perlen durchzogen, die in der Sonne wundervoll schimmerten. Besonders ihre bernsteinfarbenen Augen mit der charakteristischen grünen Zeichnung faszinierten Ellena. Hatte sie diese Augen nicht schon einmal gesehen? – Plötzlich fiel es ihr wieder ein! Sie war das mystische Wesen von der Lichtung am Wasserfall! Sogleich kam Ellena die wundervolle Szenerie mit dem silbernen Mondlicht und den tanzenden Glühwürmchen wieder in den Sinn

und sie bekam eine Gänsehaut. – Doch Moment mal! Was dachte sie da überhaupt über dieses junge Mädchen? Hatte Liz sie jetzt schon angesteckt mit ihrer Frauenliebe?
Aber bevor Ellena weiter über diese Frage nachdenken konnte, wurde sie von einer sehr dunklen Männerstimme aus den Gedanken gerissen.
»Weshalb habt ihr unseren heiligen Altar entweiht?«, fragte der Mann, der gerade durch die Menschenmasse geschritten war. Erstaunen machte sich unter den Gruppenmitgliedern breit. Fassungslos blieb sogar dem vielgereisten Hans Werner der Mund offen stehen. Niemand traute seinen Ohren. Wieso sprachen diese Dschungelbewohner ihre Sprache?
Mutig trat James an die Gitterstäbe heran.
»Also … wir kommen in FRIEDEN!«, sagte er kleinlaut. Liz ging zu ihm und flüsterte ihm ins Ohr: »Was sollte das denn, Bitteschön? Du glaubst doch nicht etwa, dass sie dir diesen Hollywood-Mist abkaufen, oder?«
Als der stattliche Mann Liz erblickte, runzelte er zuerst die Stirn, dann weiteten sich seine bernsteinfarbenen Augen. Ehrfurchtsvoll ging er bis an die Gitterstäbe und starrte Liz intensiv an.
»Meine Königin!«, hauchte er ehrfurchtsvoll und warf sich demütig vor dem Käfig in den Staub.
Nun wussten die Abenteurer erst recht nicht mehr, was sie denken sollten. Denn kaum hatte sich der Mann in den Staub geworfen, verneigten sich auch die anderen Dorfbewohner vor Liz.
»Wie lange haben ich und mein Volk auf Euch gewartet? Doch nun seid Ihr endlich gekommen, um die Prophezeiung zu erfüllen und uns alle zu retten!«, sprach er feierlich und erhob sich wieder. Dabei flogen seine goldenen Haare und die roten Streifen schienen förmlich auf seinen Muskeln zu

tanzen. Seine bernsteinfarbenen Augen strahlten vor Freude und sein hübscher Mund mit den vollen Lippen verzog sich zu einem Lächeln.

»Wachen! Befreit sie sofort aus diesem Käfig!«, befahl er und die Angesprochenen taten sofort, was er verlangt hatte. Sie öffneten den Käfig und erneut waren alle verblüfft, wie diese Situation sich entwickelt hatte. Sogar der weltgewandte Hans Werner kam aus dem Staunen nicht mehr heraus.

Das herumstehende Volk hatte sich noch immer nicht erhoben. Der Mann, der sich zuerst in den Staub geworfen hatte, wahrscheinlich der Anführer der Eingeborenen, ging auf Liz zu und nahm sanft ihre Hand. Er erhob sie zum Himmel und verkündete stolz: »Da der große Sonnengott uns nun die Auserwählte gesandt hat, lasst uns Hochzeit feiern! Es soll ein rauschendes Fest werden, auf dass unser höchster Gott stolz auf uns ist und uns seine unvergleichliche Güte zuteilwerden lässt!« Liz strahlte ihn an.

»Was? Eine Hochzeit? Ich liebe Hochzeiten! – Doch warte mal! Wer soll bitte wen heiraten?«, fragte sie und zog eine Augenbraue hoch.

Auf diese Frage erntete sie lediglich ein amüsiertes, tiefes Lachen des Anführers.

Am Abend wurde auf dem Marktplatz ein großes Lagerfeuer entzündet. Die ausgelassene Stimmung der Dorfbewohner erfüllte die Luft. Alle tanzten, tranken und lachten.

Liz bekam einen Ehrenplatz am Feuer, direkt neben dem Häuptling. Ständig kamen Leute angerannt, die ihr jeden Wunsch von den Augen ablasen, ihr dann als Zeichen der Ehrerbietung die Hand küssten und wieder verschwanden, so schnell es ihnen möglich war.

Der Häuptling reichte ihr einen goldenen, reichverzierten

Trinkbecher mit einer rötlichen Flüssigkeit und sprach: »Trink! Das ist das Lebenswasser der Auserwählten!«
Liz war skeptisch, wollte aber auf gar keinen Fall unhöflich erscheinen. Sie nahm den Becher entgegen und roch zuerst vorsichtig daran. Dann sammelte sie ihren Mut und nahm einen großen Schluck von dem rötlichen Gebräu. Als die Flüssigkeit ihre Zunge berührte, verzog sie das Gesicht, schluckte es aber dann doch hinunter.
»Pfui!«, stellte sie angeekelt fest. »Was ist das denn für ein merkwürdiges Getränk?«, fragte sie und schaute den Häuptling verwirrt an. »Es schmeckt irgendwie metallisch und im Abgang ist es richtig scharf.«
»Was glaubst du denn, was das ist? – Natürlich das beste Tigerblut, das du im Dschungel finden wirst, gemischt mit ein paar Gewürzen, die wir selber kultivieren. Wir haben das Tier heute Nachmittag erst erlegt und ausgenommen. Das Blut ist also noch sehr frisch und lecker. Das Fleisch braten wir später noch an einem Spieß.«
Liz wurde kreidebleich. Schon der Gedanke an den Tigerkadaver rührte sie zu Tränen, doch sie schwieg aus Höflichkeit. Sie wollte die Gastfreundschaft der Ureinwohner nicht verletzen.
»Ich bin übrigens Marko, das Oberhaupt dieses Volkes und du wirst von nun an neben mir dieses wundervolle Land als meine Königin regieren«, sagte der Häuptling andächtig.
Liz staunte und wich zurück.
»Was soll ich – regieren? So war das aber nicht ausgemacht. Ich meine, du bist ein sehr netter Mann, aber das geht so nun wirklich nicht!«, stellte sie entschieden fest.
Markos Gesicht spiegelte daraufhin totale Verständnislosigkeit wider.
»Aber natürlich wirst du regieren! Du bist die Auserwählte!

Außerdem haben wir bereits geheiratet. Heute, an diesem schönen Tag! Für uns gibt es nur einen einzigen wahren Gott und das ist der große Gott der Sonne. Dieser Gott ist so gütig, dass er dich zu uns schickte, um das goldene Zeitalter einzuläuten. Wir würden seinen Zorn auf uns ziehen, wenn du nicht an meiner Seite regieren würdest.«

Liz' Verzweiflung wuchs mit jedem von Markos Worten.

»Aber warum glaubst du, ausgerechnet ich sei die Erwählte?«, fragte sie leise.

»Es gab schon viele Frauen, die behaupteten, sie seien die Auserwählte. Aber sie hatten nicht das Zeichen! – Doch du trägst es!«, sagte er und zeigte mit dem Finger auf Flauschi. »Es ist die Spinne, die du auf deiner Schulter trägst! Nur die wahre Königin trägt das Symbol der Spinne!«, sagte er ehrfürchtig.

»Und wie hat dein Volk unsere Sprache gelernt?«, fragte nun Liz und begann Schritt für Schritt die Tragweite dieser Tatsachen zu begreifen.

»Meine verstorbene Frau kam einst auf diese Insel und wir verliebten uns innig. Sie lehrte mich eure Sprache und erklärte uns auch, dass wir uns verbergen müssen, sollten weitere wie sie kommen. Ich denke, sie wollte unsere Gemeinschaft beschützen, sodass wir in Frieden leben können«, berichtete Marko und blickte Liz tief in die Augen. Der dämmerte es langsam. Sie würde an Markos Seite regieren müssen, um dann für immer auf dieser Insel zu bleiben, da sie jetzt von der Existenz dieses uralten Volkes wusste! Um diese merkwürdigen Gedanken aus ihrem Kopf zu verbannen, nahm Liz noch einen großen Schluck aus dem goldenen Becher in ihren Händen. Ihr war nun zwar bewusst, was sie da trank, aber das störte sie in diesem Augenblick überhaupt nicht. Als sie den Becher senkte und sich wieder Marko zuwandte, lächelte dieser bereits verführerisch.

»Nun komm, Liebste! Lass uns in meine Gemächer gehen und unser Ehegelübde damit vollenden«, säuselte er leise und dunkel. Liz wollte eigentlich nicht mitgehen, aber das Tigerblut hatte ihr bereits alle Sinne vernebelt. Das war ein wirkliches Teufelszeug! Sie nickte wie ferngesteuert und streckte Marko dann die Hand hin. Alleine laufen konnte sie nicht mehr. Der Nebel in ihrem Kopf war zu dicht geworden. Bevor sie zu zweit im Palast verschwanden, schrie Liz wie benebelt einmal quer über den gesamten Platz: »Du hast aber auch eine wundervolle Party organisiert! GUTE NACHT, IHR ALLE!« Dann schaute sie in Richtung von Markos Behausung. »Oh, wie wundervoll groß dein Palast ist!«, philosophierte sie und ging voran.

Während die beiden im Palastgebäude verschwanden, saß Ellena ganz allein am Lagerfeuer und starrte gedankenverloren in die leise züngelnden Flammen. Sie rauchte eine Zigarette und der blaue Dunst ließ sie die heutigen Ereignisse besser verarbeiten. Sie atmete langsam ein und aus. Das Lagerfeuer prasselte vergnügt. Sie blickte umher und sah Hans Werner in Begleitung zweier Inselschönheiten am Feuer sitzen. Weiter hinten saß James an an eine der Holzhütten gelehnt und war bereits eingeschlafen. Urplötzlich ließ sich das bezaubernde Wesen von heute Nachmittag neben Ellena nieder und hielt ihr einen Becher unter die Nase.
»Hier, für dich«, erklang es leise. Ellena stutzte.
»Oh … ähm, danke!« Sie nahm den Becher und trank einen großen Schluck. »Oh, das schmeckt aber … nun, sagen wir interessant!«, stellte Ellena fest und schaute verlegen zur Seite. »Wie heißt du eigentlich?«, fragte sie frei heraus.

»Ich heiße Juma«, sagte das entzückende Wesen und lächelte.
»Ich bin Ellena, sehr erfreut!« Jumas Lächeln wurde breiter. Verschmitzt dachte Ellena bei sich: ›*Oh, Juma! Was für ein wunderschöner Name für ein Mädchen!*‹
Sie war wirklich überwältigend schön. Fasziniert betrachtete Ellena Jumas Haare im Feuerschein. Sie glänzten so golden, dass sie neidisch wurde. Sicherlich musste sie zugeben, dass Juma nicht die weiblichsten Rundungen hatte, dennoch fanden das viele Männer anregender als den gut gebauten Typ. Außerdem machte Juma diesen Mangel durch ihre Grazie sofort wieder wett. Ellena beneidete dieses hübsche Mädchen.
»Es tut mir leid, dass ich weggelaufen bin, als wir uns gestern Nacht am Wasserfall trafen. Doch mein Vater lehrte uns immer, dass wir uns zum Schutz unserer Zivilisation von Fremden fernhalten müssen«, erklärte Juma schüchtern. Ellena winkte ab.
»Oh, das ist doch kein Problem. Ich muss mich entschuldigen für meine Rumschleicherei. Ich hätte dich ja auch normal ansprechen oder einfach in Ruhe lassen können. Deswegen ist es wohl an mir, mich zu entschuldigen«, philosophierte Ellena weiter. Als Juma lächelte, war ihre Welt wieder in Ordnung.
Langsam verschwamm Ellenas Sicht und ihr Bewusstsein entglitt ihr immer mehr. Mit einem zugekniffenen Auge schaute sie in den Becher, den sie von Juma hatte. Was da wohl drin gewesen war? Ellena hatte den Gedanken noch nicht fertig gedacht, da verschwamm bereits die Feuerglut vor ihren Augen zu einem großen Klumpen. Alles drehte sich um sie und ihr wurde ein bisschen schlecht. Dankbar nahm sie Jumas Hilfestellung an, sie in ihr Zimmer im Palast zu begleiten.

2. August, Mahogi

Die Sonne stand bereits einige Zeit am Himmel und schickte ihre Strahlen vereinzelt durch das Blätterdach der tropischen Vegetation.
Als Ellena in ihrem Zimmer verschlafen die Augen öffnete, empfing sie bereits ein dröhnender Kopfschmerz. Sie befand sich in ihrer Kammer, soviel wusste sie noch. Langsam blickte sie sich um. Auf den ersten Blick schien alles noch in Ordnung, doch dann durchzuckte sie ein eiskalter Schauder. Sie hatte bemerkt, dass Juma zugedeckt neben ihr lag und fest schlief. Erst jetzt wurde ihr schlagartig bewusst, was geschehen sein musste. Sofort sprang sie auf und bemerkte mit Schrecken, dass sie splitterfasernackt war! Eilig sammelte Ellena ihre Kleidung ein, streifte sich Hemd und Hose über und stürmte wie von der Tarantel gestochen aus dem Palast. Wie hatte sie es nur wagen können, sich an der Tochter des Häuptlings zu vergreifen?! Und noch dazu war sie ebenfalls eine Frau! Wie hatte es nur so weit kommen können? Jetzt würde die Wut des Vaters von Juma ewig auf ihr lasten. Ellena malte sich grauenvolle, fürchterliche Dinge aus, die Marko mit ihr anstellen würde. Wahrscheinlich würde er sie als Erstes in siedendem Öl frittieren, um sie anschließend an die Piranhas oder andere mordlüsterne Tiere zu verfüttern. Verstört und verängstigt verließ Ellena das Dorf, um zum Basislager zurückzukehren. Alles, was sie wollte, war heimzukehren und sich dort endgültig den Gnadenstoß zu versetzen. Sie dachte, es hätte nicht schlimmer kommen können, doch jetzt war alles erheblich dramatischer geworden!
Auf ihrem Weg stieg sie über mehrere schlafende Dorfbewohner hinweg. Andere, die ihren Weg kreuzten, waren so verkatert, dass sie Ellena keines Blickes würdigten. Vermut-

lich war die Party gestern so feuchtfröhlich gewesen, dass auch andere in einem falschen Bett oder aber in gar keinem Bett gelandet waren. Dieses Desaster hatte sie nur diesem vermaledeiten Hexengebräu zu verdanken, das ihr die Sinne vernebelt hatte! Dennoch hatte sie die wahre Schuld selber zu tragen, immerhin hatte sie sich dazu verleiten lassen, davon zu trinken. Sogar noch im Wald sah sie vereinzelt Dorfbewohner, die an Bäume gelehnt oder auf Steinen schliefen.

›*Herrje, welche Ausmaße diese Sause angenommen hatte! Ob diese Ureinwohner immer so wild feierten?*‹, dachte Ellena bei sich im Vorbeigehen.

Nachdem sie dem kleinen Pfad quer durch den Dschungel gefolgt war, hatte sie endlich ihr Ziel erreicht. Ellena war am Basislager angekommen. Sofort verkrümelte sie sich in ihr Zelt, um frische Sachen anzuziehen und noch einmal tief durchzuatmen. Immer wieder versuchte sie sich mit den leise geflüsterten Worten: »Die anderen waren auch betrunken und haben nichts bemerkt«, zu beruhigen. Doch das verbesserte ihre derzeitige Situation nicht im Geringsten. Außerdem, so redete sie sich ein, konnte es durchaus auch möglich sein, dass Juma die ganze Sache ebenfalls vergessen hatte. In ihrem Kopf schwirrten die wildesten Fantasien umher.

So konnte es nicht weitergehen. Um den Kopf freizubekommen, beschloss Ellena, eine kühle Dusche am Wasserfall zu nehmen und danach genüsslich eine Zigarette für ihre Nerven zu rauchen. Eilig nahm sie frische Sachen aus dem Rucksack und lief entschlossen los.

Der kleine Spaziergang durch den Dschungel bewirkte bei Ellena wahre Wunder. Sie hatte die ganze Sache schon fast völlig verdrängt und freute sich nun auf ihre kühle Dusche direkt in Mutter Natur. Wenige Meter vor dem Wasserfall blieb sie abrupt stehen.

»Mist!«, entfuhr es ihr ärgerlich, als sie sah, dass schon jemand anders hier war und duschte. Schon wieder war sie zu spät gekommen! Ellena wollte schon mürrisch davonstapfen, als sie das Gefühl beschlich, die duschende Person zu kennen. Sie ließ ihre ungezügelte Neugierde außer Acht, die sie schon des Öfteren in Schwierigkeiten gebracht hatte, und schlich vorsichtig näher heran, um alles genauer sehen zu können. Sie schlug sich unweit des Wasserfalls ins Gebüsch und bog behutsam einen Ast zur Seite, um besser sehen zu können. Sie sah eine zierliche Gestalt mit langen blonden Haaren, die durch die Nässe glänzten wie gesponnenes Gold. Die Haut war blass und wirkte wie zerbrechliches Porzellan.

Ellenas Augen weiteten sich, als sie erkannte, wer da gerade unter dem Wasserfall stand. Blitzartig duckte sie sich weg und ließ den Ast an seine ursprüngliche Position schnippen.

»Ach du lieber Himmel, das ist Juma!«, flüsterte sie leise vor sich hin, während ihr die Schweißperlen auf der Stirn standen. Juma war die letzte Person, der sie jetzt begegnen wollte.

Doch kaum hatte sie ihre Augen fest zusammengekniffen, wurde sie sich ihrer Lage bewusst. Wie aus dem Nichts brandete plötzlich eine Idee in ihren Gedanken auf wie eine wild tosende Sturmflut. Sollte sie vielleicht doch noch einige Blicke riskieren? Schließlich hatte sie keinerlei Erinnerung an den gestrigen Abend. Und außerdem wollte sie sich ein Bild machen, mit wem genau sie die Nacht verbracht hatte. Während sie sich mit der rechten Hand den Schweiß von der Stirn wischte, bog sie mit der anderen den Ast wieder vorsichtig beiseite, damit sie Juma in aller Ruhe beobachten konnte. Sie missachtete den Rat ihres Gewissens, den Blick abzuwenden und nicht als dreckige Spannerin zu enden. Doch etwas tief Animalisches in ihr wollte wissen, wie die Tochter des Häuptlings hüllenlos aussah.

Als sie den Blick zaghaft wieder Juma zuwandte, traf sie die Erkenntnis wie ein Faustschlag mitten ins Gesicht und Erleichterung strömte augenblicklich durch ihren gesamten Körper. Was sie sah, schockierte sie zutiefst, denn die Häuptlingstochter war in Wirklichkeit ein Häuptlingssohn. Juma war ein Mann! Zwar war er für einen Jungen ziemlich zierlich und schlank, doch war er zweifelsohne ein vollständiger Mann. Sofort entflammten Ellenas Wangen und sie war wieder beruhigt. Immerhin war so zumindest klar, dass sie nicht auf Frauen stand. Nur eben auf sehr schlaksige Männer.

Ellena saß immer noch aufgeregt im Gebüsch. Das hatte sie wirklich nicht erwartet. So hatte sie sich also gestern Nacht am Häuptlingssohn vergriffen. Sie war schon ein durchtriebenes Weib! Doch plötzlich fiel ihr der Häuptling mit seinem finsteren Blick wieder ein und auf einmal sah sie ihr Todesurteil bereits unterschrieben. Sie raufte sich wie wild die kurzen braunen Haare in der Hoffnung, ihr würde noch ein Ausweg einfallen. Aber es half alles nichts. Ihre Situation war einfach ausweglos. Während Ellena mit ihren Gefühlen und Haaren kämpfte, bemerkte sie gar nicht, wie Juma sich ihr von hinten näherte. Dann tippte er ihr auf die Schulter.

»Ellena?! Was machst du denn hier alleine im Gebüsch? Wolltest du auch duschen? Du hättest doch nicht warten und dich hier verstecken müssen. Wir hätten vielleicht sogar zusammen duschen können. Der Wasserfall ist jedenfalls groß genug für zwei Personen«, stellte er in sehr liebenswürdiger und schüchterner Art fest.

Ellena brachte vor lauter Schreck keinen Ton heraus. Ihr Mund stand einfach nur weit offen und sie konnte rein gar nichts dagegen tun. Juma hingegen schien ihre Entdeckung nicht weiter zu stören.
»Ellena? Ist alles in Ordnung mit dir? Du siehst so blass aus.« Tatsächlich war vor lauter Schreck, dass sie die letzte Nacht mit dem Häuptlingssohn verbracht, den sie ursprünglich auch noch für eine Frau gehalten hatte, jegliche Farbe aus Ellenas Gesicht gewichen.
»Ich … ich … also … du … du … du und ich … wir «, stammelte sie nur stumpfsinnig, während sie sich wild durch die Haare fuhr und ihre Frisur ruinierte.
»Ellena, du sprichst in Rätseln«, stellte Juma immer noch lächelnd fest. »Am besten beruhigst du dich erst mal und sagst mir dann, was du zu sagen hast«, entschied er und schaute wie ein Lehrer von oben auf sie herab.
Ellena blickte erst beschämt zu Boden, dann schloss sie die Augen. Sie atmete tief durch und dann platzte es auch schon aus ihr heraus: »Du bist ja ein Mann!«
Das war die Erkenntnis des Tages. Jumas Gesicht verdunkelte sich schlagartig.
»Ellena …!«, sagte er, während sich seine Gesichtszüge weiter verhärteten. »Ich stehe hier nackt vor dir und wir haben die letzte Nacht miteinander verbracht. Ist es da nicht offensichtlich, welchem Geschlecht ich angehöre? Außerdem weiß ich sehr wohl, was ich bin. Das war also eine vollkommen unnötige Bemerkung deinerseits«, sagte er verärgert.
Ellena sah ihn noch einmal von oben bis unten an.
»Aber dennoch bist du der Häuptlingssohn. Meinst du nicht, dass es da noch Ärger gibt? Vor allem nach letzter Nacht?«, fragte Ellena kleinlaut. Nun errötete Juma ein wenig und spielte mit einer Strähne seines goldenen Haares.

»Nun ja, sicherlich habe ich einen gewissen Rang in der Gesellschaft hier. Dennoch muss ich gestehen, dass es mir sehr gefallen hat, mit dir auf diese Art zusammen zu sein«, erwiderte er und blickte dann scheu zu Ellena hinunter. Diese Aussage hatte nun wieder Ellenas Neugierde geweckt. Konnte es wirklich sein, dass der Häuptlingssohn ein wenig in sie verliebt war? Dennoch blieb die Angst vor dem Häuptlingszorn in ihrem Hinterkopf haften. Sie rappelte sich auf und stand nun Juma gegenüber. Sie war ein Stück größer als er. Die Furcht schob sie weit weg in ihren Hinterkopf und ging ein Stück weiter auf Juma zu. Sie nahm allen Mut zusammen, hob ihre Hand und strich zaghaft über seine Kinnlinie. So drängte sie ihn, ihr in die Augen zu sehen. Da waren sie wieder, diese wunderschönen bernsteinfarbenen Augen, die sie so faszinierten. Vollkommen verzaubert beugte sich Ellena zu einem Kuss zu ihm hinunter. In Gedanken konnte sie schon seine süßen Lippen auf ihren spüren. Sie war nur noch einen Augenblick von ihrem Ziel entfernt, als prompt Liz dazwischenfuhr.
»Hey, ihr Zwei!«, rief sie, während sie aus dem Gebüsch gesprungen kam. »Ich wusste ja gar nicht, dass man hier so toll duschen kann!«, rief sie entzückt. In diesem Moment bemerkte sie, dass Juma in den Armen von Ellena lag und dazu noch vollkommen nackt war. Sofort machte sich die Empörung in ihrer Gefühlswelt breit.
»Was bitte wird den das, wenn ich das wissen darf?«, fragte sie ganz unverblümt heraus. Ellena ließ augenblicklich von Juma ab und fing an, gequält zu lachen.
»Also weißt du ...«, begann sie, im Begriff, sich schnell eine gute Lügengeschichte auszudenken. »Ich wollte an diesem wundervollen Ort genauso baden wie du jetzt. Und ... nun ja «, sagte sie und schaute sich verzweifelt zu Juma um.

»Wir sind uns hier rein zufällig begegnet«, half er Ellena. »Ich hatte nur noch keine Zeit, mich ausreichend zu bedecken. Das ist mir im Nachhinein auch sehr peinlich. Die Damen entschuldigen mich jetzt bitte!«, sagte Juma und verließ die beiden hastig.
Ellena strich sich mit der Hand über den Hinterkopf und lächelte schief.
»Ja, genau so war es. Ich schwöre es!«, log sie Liz frech an. Die wusste genau, dass etwas ganz anderes im Busch war. Sie zog verächtlich eine Augenbraue in die Höhe.
»Ach, ist das so? Du willst mir wirklich weiß machen, ihr hättet euch hier ganz zufällig getroffen?«, fragte sie misstrauisch. Doch Ellena hielt steif an ihrer Geschichte fest.
»Ganz genau so war es. Du kannst mir ruhig auch mal was glauben«, erwiderte sie.
Liz glaubte ihr immer noch nicht so recht, doch als sie gerade etwas erwidern wollte, warf Ellena ein: »Hey, was mir gerade einfällt. Wo ist eigentlich Marko, dein neuer Göttergatte?« Liz warf den Kopf hochnäsig in die Luft.
»Pah! Hör mir nur auf mit dem! Außerdem bin ich ja nur gekommen, um dir zu sagen, dass wir uns alle am Lagerfeuer in der Basis treffen sollen. Ich hab dich hier reden gehört und da wollte ich so freundlich sein und dich holen. – Aber NEIN! Von dir bekommt man ja nicht mal mehr ein einfaches Dankeschön!«, empörte sie sich und schaute Ellena böse an. Die fühlte sich nun erst richtig schlecht. Wenn Liz nun auch noch anfangen würde, zu weinen, wäre alles aus. Ellena begann, behutsam auf sie einzureden.
»Es tut mir wirklich sehr leid, meine Liebe. Natürlich bin ich sehr froh, dass du dir extra die Mühe gemacht hast, mich zu holen. Vielen Dank!« Liz' Gesicht hellte sich schlagartig wieder auf.

»Na dann ist ja gut. Und nun komm endlich mit! Die anderen warten schon auf uns«, sagte sie und zerrte Ellena am Arm in Richtung des Basislagers. Ellena konnte keinen auch noch so kleinen Blick zurück in Richtung des Wasserfalls werfen.

Am Lagerfeuer angekommen wies Liz Ellena an, Platz zu nehmen. James wollte etwas Wichtiges sagen. Er hatte sich schon auf seine imaginäre Bananenkiste gestellt und machte sich gerade bereit, etwas zu verkünden. Immer wenn er diese Haltung einnahm, konnte es durchaus länger dauern. Hans Werner war schon da und drängte nun darauf, dass es endlich losging.
»Nun mach schon! Ich habe gestern Abend einen wirklich heißen Feger aufgerissen und will ihn nun nicht mehr vom Haken lassen – wenn ihr versteht, was ich meine«, posaunte er angeberisch. Liz rümpfte angewidert die Nase und auch Ellena konnte ihren Ekel nicht verbergen. James dagegen protestierte lautstark.
»Also Leute! Auch Menschen in einem hohen Alter haben noch das Recht auf ein Sexualleben. Auch wenn es mitunter einiger Hilfsmittelchen bedarf. Aber schweifen wir nicht vom Thema ab.«
Hans Werner fühlte sich augenscheinlich diskriminiert. Er polterte los.
»Was soll das heißen ›hohes Alter‹? Und von was für Mittelchen sprichst du? Ich kann dir gerne versichern, dass ich keine sogenannten ›Mittelchen‹ brauche, um eine stramme, wilde Schönheit glücklich zu machen. Lass dir bitte weiterhin sagen, dass ich nicht alt bin! In die Jahre gekommen vielleicht, aber keinesfalls alt!«
Alle schauten Hans Werner entsetzt an. James versuchte, die

Situation zu retten, indem er einfach fortfuhr.
»Nun gut. Also Hans Werner ist nicht alt und der erste Punkt auf unserer Tagesordnung heute ist das gestrige Fest der Dorfbewohner.«
Hans Werner lehnte sich sichtlich entspannt zurück. Er hatte seiner Meinung nach wieder gewonnen. James fuhr derweil fort.
»Natürlich hoffe ich, dass euch die Party genauso gut gefallen hat wie mir. Deswegen geht ein großer Dank noch mal an Liz und Flauschi, die uns das alles erst ermöglicht haben, indem sie uns aus dem Käfig befreiten. Aus diesem Grund habe ich auch beschlossen, unseren Aufenthalt hier noch ein bisschen zu verlängern. Damit wir Land und Leute etwas besser kennenlernen können, wie man so schön sagt. Zweifellos müsst ihr mir euer Einverständnis geben, denn ihr tragt die Extrakosten selber«, betonte James und sah in die Runde. Alle nickten zustimmend. Punkt eins war also abgehakt.
»Damit kommen wir ohne Umschweife zu Punkt zwei unseres Tagesplanes«, fuhr James fort. Er begann, über die Schönheit von Fauna und Flora der Insel zu philosophieren. Ellena konnte sich einfach nicht auf das Gesprochene konzentrieren. Ihre Gedanken schweiften immer wieder ab. Sie glitten zu Juma und dem Gespräch am Wasserfall. Konnte sie ihm wirklich so gefallen haben? Er war schließlich der Häuptlingssohn und konnte so gut wie jede Frau haben. Ihre Gedanken hörten einfach nicht auf zu fliegen, so sehr Ellena auch versuchte, James' Gefasel zuzuhören. Nach einiger Zeit kam sie zu dem Entschluss, dass ein erneutes Treffen mit Juma und ein Gespräch unter vier Augen unabdingbar waren. Anderenfalls würde sie wahrscheinlich verrückt werden.

3. August, Mahogi

Schon am nächsten Tag versammelten sich erneut alle ums Lagerfeuer. Ellena war so früh am Morgen noch müde, da sie die ganze Nacht kein Auge zugemacht hatte. Sie hatte ununterbrochen an Juma denken müssen. James, der im Gegensatz zu ihr wie immer hellwach war, postierte sich wieder auf seiner imaginären Bananenkiste und fing an, den Tagesplan vorzutragen.
»Einen wunderschönen guten Morgen, meine Lieben! Unser heutiges Ziel heißt Informationsgewinnung. Das bedeutet, wir werden uns ins Dorf aufmachen und uns ein wenig unter die Leute mischen. Haben wir das getan, schauen wir den Leuten bei der Arbeit, der Jagd und dem alltäglichen Leben zu, damit wir etwas lernen. Heute Abend tragen wir dann alles zusammen«, tönte er lautstark.
Beim Wort Jagd sprang Hans Werner sofort auf und war ganz bei der Sache.
»Habe ich da eben das Wort ›Jagd‹ vernommen? Heißt das, ich darf endlich wehrlosen Tieren mit meinen bloßen Händen den Garaus machen?«, rief er euphorisch.
James verzog angewidert das Gesicht und auch Liz war sofort in Oppositionshaltung. Hysterisch machte sie sich Luft.
»Hans Werner du Ekel! Wie kannst du es nur schön finden, etwas zu töten, das dir Erstens nichts getan hat und Zweitens ein lebendes Wesen ist, genau wie du auch?«
Hans Werner zuckte nur lässig mit den Schultern und begann, herzhaft zu lachen, was in seiner Welt so viel hieß wie ›*Was kann ich dafür?*‹
Liz konterte sofort: »Du bist ein verachtenswerter alter Mann!«

Diese Aussage wiederum ließ Hans Werner nicht auf sich sitzen.
»Wie bitte?! Ich bin vielleicht verachtenswert, aber so alt nun auch wieder nicht! Ich will dich elendes Weib mal sehen, wenn dir im Schützengraben die Bomben um die Ohren fliegen! Mal sehen, wie schnell du dann alterst!«, empörte er sich.
Als Liz noch schlagfertiger zurückfeuern wollte und gerade Luft holte, ergriff James das Wort.
»Bitte, bitte, meine Lieben! Jetzt ist es aber wieder gut! Hört endlich auf zu streiten, das hat noch nie etwas gebracht. Außerdem wollen wir uns nun endlich auf den Weg ins Dorf machen, denn Zeit ist Geld und Geld haben wir nicht zu verlieren!« Nach dieser Ansage brach die kleine Gruppe endlich auf.

Schon am Tor zum Dorf empfing Marko Ellena und die anderen, wobei er vor allem Liz in die Arme schloss und sie mit Küssen übersäte.
»Oh, meine geliebte Frau!«, rief er laut aus, wie es nur ein fürsorglicher Ehemann tun konnte. »Ich habe dich so vermisst! Seit du letzte Nacht bei mir lagst, ist schon wieder so viel Zeit vergangen! Ich hoffe inständig, dass du mich nie wieder alleine lässt!«
Liz dagegen war wenig angetan von dieser Begrüßung. Verzweifelt versuchte sie, sich zu befreien.
»Hey, lass mich los …!«, verlangte sie etwas genervt. »Für wen hältst du dich denn?«, rief sie. Doch Marko drückte sie nur noch enger an sich und küsste sie auf die Wangen.
»Ach, ich liebe es, wenn du so schüchtern bist! Und dann deine kleinen Wutausbrüche. – Einfach nur entzückend!«, schwärmte er liebevoll und streichelte ihr zufrieden über das

Haar. »Wahrhaftig! Der Himmel hat dich zu mir geschickt!«, säuselte er und schenkte Liz einen verliebten Blick. Über diese Worte errötete Liz bis unter die Haarwurzeln und schaute verlegen zur Seite.
»Nun hör schon auf! Alle beobachten uns «, protestierte sie. Doch Marko interessierte sich nicht für die anderen Gruppenmitglieder. Sein Augenmerk lag ganz auf Liz.
»Komm mit mir!«, bat er, während er ihre Hand ergriff. »Ich möchte dir unseren Nachbarstamm vorstellen, der mit uns auf der Insel lebt. Lange Zeit gab es Krieg, doch schon sehr bald wird sich alles ändern und wir können in Frieden leben.« Er nahm sie bei der Hand und führte sie ins Dorf.
James, der gar nicht gerne sah, dass ein anderer für Liz interessant war, trottete ärgerlich hinter den beiden her. Ihm folgten die anderen, die den ganzen Trubel um Liz genauso wenig verstanden. Hans Werner wollte gerade wieder einen seiner spitzen Kommentare über Frauen ablassen, als ihn Ellena gerade noch so zurückhielt und ihn mit einem einzigen Blick überzeugte, sich zu beherrschen.
Schon auf dem Marktplatz bemerkte Ellena ihr vollkommen unbekannte Kriegerinnen. Sie standen an jeder Ecke, aßen, tranken und amüsierten sich. Sie besaßen nicht die typischen Merkmale der mahogianischen Kultur, vielmehr waren sie genau das Gegenteil davon. Wie ein Gegensatz hob sich ihre sonnengebräunte Haut von der weißschimmernden Blässe der Dorfbewohner ab. Außerdem hatten sie rabenschwarze Haare, die mit wenig Schmuck zu dicken Zöpfen zusammengebunden waren. Diese Frisuren waren ihnen im Kampf nicht im Weg. Viele der Kriegerinnen trugen eine Art Rüstung, die aus einem stählernen Oberteil bestand, das gerade das Nötigste bedeckte. Das Gesamtbild komplettierte ein lederner Rock im antiken griechischen Stil. Zudem war ihre

Haut mit einem schwarzen Muster überzogen, das sich wie ein riesiges Tattoo von den Knöcheln bis hinauf ins Gesicht zog.

Hans Werner war hin und weg von diesen Schönheiten. Sofort schlug er die Hände über dem Kopf zusammen und pries den Allmächtigen für seine Güte. Dann wandte er sich an die anderen: »Seht nur! Wir sind von Schönheit umgeben. Sie blenden mich förmlich, all diese zauberhaften Geschöpfe! Ich weiß gar nicht, wo ich zuerst hinschauen soll!«

Prompt konterte Liz, die ja nicht weghören konnte: »Hans Werner, du Lüstling! Du kannst immer nur an das Eine denken! Ich hoffe inständig, dass du irgendwann mal an die Falsche gerätst, die dir dann so richtig den Marsch bläst und dir zeigt, was sich gehört und was nicht!«

»Ja, das wäre durchaus nicht zu verachten«, erwiderte er, verdrehte die Augen und begann, sich begierig die Lippen zu lecken und hämisch zu kichern.

Als sie weitergingen, begegnete ihnen eine Botin, die mit schnellen Schritten heraneilte.

»Häuptling Marco! Meine Herrin lässt fragen, warum Ihr sie und ihre Tochter so lange habt warten lassen? Immerhin haben sie sich extra wegen Euch auf den langen Weg von ihrem Dorf hierher gemacht. Außerdem lässt sie Euch ausrichten, dass sie bereits begonnen haben, zu speisen, um sich die Zeit etwas zu vertreiben.«

Marko dankte der Botin und steckte ihr ein kleines Goldstück zu. Dann begann er, zu diktieren: »Richtet Eurer Herrin aus, dass wir in Kürze beim Palast ankommen werden. Dann gesellen wir uns zu ihr und ihrer Tochter. Sagt ihr auch, dass es nicht schlimm ist, wenn sie bereits angefangen haben, zu essen.«

Die Botin nickte, verbeugte sich kurz, machte auf dem

Absatz kehrt und eilte mit großen Schritten davon in Richtung des Palastes. Als sie sich entfernt hatte, verdunkelte sich Markos Gesicht schlagartig.
»Dieses elende Weib! Wie kann sie es wagen, solche Frechheiten an den Tag zu legen? Was glaubt sie, wer sie ist?«
Während er so vor sich hinbrabbelte, überlegte Liz, wer diese geheimnisvolle Frau wohl sein mochte.

Keine zehn Minuten später standen sie vor den massiven Türen des Palastes. Sofort kamen Bedienstete aus verschiedenen Richtungen herbeigeeilt, um Marko zu bedienen. Dieser wies sie ganz routiniert an, Meldung über seine Ankunft zu machen und ihm die Türen zu öffnen. Sofort wurde alles Nötige in die Wege geleitet. Die großen Flügeltüren gingen knarzend auf und Marko schritt hindurch wie der Herrscher, der er war.
Liz war auf einmal ganz hin und weg. Vielleicht war er doch kein so schlechter Fang, wie er so dastand in all seiner königlichen Pracht! Gemeinsam stiegen sie eine große Treppe hinauf, die sich am oberen Ende teilte. Dort kamen sie in einen großen Flur. Viele junge Dienerinnen in kurzen Röcken und knappen Oberteilen gingen geschäftig auf und ab oder rannten gar durch die Gänge. Sofort fing Hans Werner wieder an, zu starren und zu sabbern. Liz versetzte ihm einen kräftigen Stoß mit dem Ellenbogen und ermahnte ihn mit einem finsteren Blick, seine Gelüste zu zügeln.
Plötzlich öffneten sich die großen, massiven Holztüren zum Speisesaal und eine hochgewachsene, anmutig wirkende Frau trat heraus. Ihr langer, geflochtener, rabenschwarzer Zopf, der mit unzähligen Perlen geschmückt war, wippte im Takt ihrer Schritte. Neben ihr ging eine junge Frau, die eine gewisse Ähnlichkeit mit ihr aufwies. Aufgrund ihrer Jugend

waren deren Muskelpartien etwas ausgeprägter als bei der Älteren. Auch sie hatte wie die anderen Kriegerinnen auf dem Marktplatz dank ihrer dunklen, sonnengebräunten Hautfarbe so rein gar keine Ähnlichkeit mit der mahoganischen Bevölkerung. Als die ältere der beiden Frauen Marko sah, wurden ihre Gesichtszüge mit einem Mal weicher und sie strahlte über das ganze Gesicht. Als sie nah genug herangekommen war, umarmte sie Marko zaghaft und bemerkte scheinbar erst dann die kleine Gruppe, die bei ihm war.
»Warum hast du mich warten lassen?«, fragte sie empört. »Du weißt ganz genau, dass ich ein Zuspätkommen deinerseits nicht dulden kann. Wie soll das erst bei der Doppelhochzeit werden? Willst du uns dann auch stundenlang warten lassen?«
Ellena wurde hellhörig. Hatte sie gerade Doppelhochzeit gesagt?
Marko hingegen fing an, zu lachen.
»Ach Tamara! Du weißt ja noch gar nicht, dass der große Sonnengott andere Pläne mit mir hatte«, sagte er feierlich und zog Liz vielsagend an seine Seite. »Er hat mir die Außerwählte gesandt und ich habe sie auf der großen Party gestern Abend sogleich geehelicht.«
Tamara blieb der Mund für einen kurzen Moment offen stehen. Doch dann fasste sie sich und sah Liz mit einem arroganten Gesichtsausdruck an, als wolle sie die junge Frau jeden Moment töten. Tamara wusste um die Prophezeiung und dass sie keinerlei Chance hatte, dagegen anzukommen.
»So ist das also«, presste sie heraus. »Da kehre ich dir einmal für fünf Minuten den Rücken zu, um Vorbereitungen für unsere Hochzeit zu treffen – und schon heiratest du irgendein dahergelaufenes Flittchen!«, zeterte sie streng und voller Hohn. Damit war die Sache für Tamara erledigt. Sie wollte

gerade kehrtmachen und in ihrem Stolz getroffen, beleidigt, jedoch mit Würde gehen, da ergriff Marko sie am Arm und hielt sie zurück.

»Warte!«, begann er in einer unterwürfigen Haltung. »Ich denke, wir können die Sache klären, auch ohne gleich wieder in einen Krieg zu verfallen.« Er sah ihr tief in die Augen. Dann deutete er mit einer Kopfbewegung auf ihre Tochter, die noch immer neben ihr stand, ohne eine Miene zu verziehen. »Ich meine, Cheche und Juma können dennoch heiraten. Allein das ist doch ein Akt im Zeichen des Friedens zwischen den Mahogianern und den Amazonen«, sprach er feierlich. Tamaras Augen wurden schmal.

»Soll das etwa heißen, ich soll meine wundervolle, starke Tochter nach all dem hier immer noch mit deinem nichtsnutzigen Sohn verheiraten? – Und das, obwohl du mich in aller Öffentlichkeit aufs Tiefste gedemütigt hast?«, fragte sie empört. Tamara reckte die Nase hoch in die Luft und zeigte damit, dass sie erbost war. »Ich werde mir die Hochzeit noch einmal sehr gründlich überlegen. Derweilen werden unsere Stämme in Neutralität zueinander stehen. Sollte ich in den nächsten Tagen eine Entscheidung treffen, werde ich dir eine Botin schicken und es dich wissen lassen.« Nun entzog sie Marko ihren Arm und nahm die Hand ihrer Tochter Cheche. »Entschuldigt uns nun! Cheche und ich haben noch wichtige Angelegenheiten zu klären.« Mit diesen Worten schritt sie an Marko und den anderen vorbei und zog Cheche hinter sich her.

Als sie außer Hörweite waren, fing Marko an, lauthals zu lachen.

»Oh, ihr müsst Tamara und Cheche wirklich entschuldigen«, sagte er atemlos. »Sie sind manchmal wirklich grauenvoll taktlos«, fuhr er fort und kicherte. Auf Liz' Stirn aber traten tiefe Falten hervor.

»Das verstehe ich nicht ganz«, stellte sie fest und wandte sich an Marko, der sie immer noch an sich gepresst hielt. »Wer war diese Frau und warum spricht sie von einer Hochzeit?«, fragte sie mit großen Augen. Marko umarmte sie weiterhin liebevoll und sah sie verständnisvoll an.

»Also die ältere Dame war Tamara und die andere ihre Tochter Cheche. Tamara ist die Königin des Nachbarstammes, der Amazonen. Eigentlich war schon sehr lange geplant, dass zur Wahrung des Friedens zwischen unseren Stämmen eine Doppelhochzeit stattfinden sollte. Das bedeutet, ich war Tamara versprochen und mein Sohn Juma sollte die Prinzessin des Nachbardorfes heiraten. Aber der große Sonnengott wollte dieses Bündnis anscheinend nicht dulden und hat stattdessen dich zu mir geschickt. Damit hat er mir ein Zeichen gesandt. Ich hoffe nur, dass ich das Richtige tat, als ich unsere Ehe vollzog. Ich weiß nämlich nicht, wozu Tamara in ihrer blinden Wut in der Lage ist. Das Schlimmste, was passieren könnte, ist, dass sie ihre Tochter nicht zur Hochzeit freigibt und unsere Stämme im Krieg untergehen«, erklärte Marko und für einen Moment trübte sich seine Miene. Sein Stamm lag ihm wirklich am Herzen, doch dann sah er Liz in die Augen und seine Mimik erhellte sich schlagartig wieder. »Dennoch bin ich sehr glücklich, dass der Sonnengott dich zu mir geschickt hat und ich nicht Tamara heiraten musste. Wenn ich ehrlich bin, ist sie mir ein bisschen zu impulsiv.«

Nun wandte sich Marko an alle: »Kommt nun mit uns in den großen Saal! Wir wollen die Jagd vorbereiten.« So ging die kleine Gruppe in den großen Speisesaal. Als sich die großen Türen öffneten, konnte Ellena ihr Staunen nicht verbergen. Dieser Saal vor noch größer und pompöser als die Eingangs-

halle. Der gesamte Palast war im Inneren sehr hell gehalten. Viele Statuen säumten die Wände und verliehen dem Gesamtkonzept ein römisches Flair. In der Mitte des Saales stand ein riesiger, langgezogener Tisch aus dunklem Holz. Er bot Sitzgelegenheit für mindestens dreißig Personen. Das Team, inklusive Markos, nahm am oberen Ende Platz. Hans Werner war schon die ganze Zeit unruhig gewesen und konnte auch jetzt nur schwer stillsitzen.
Nun ergriff Marko wieder das Wort: »Meine Freunde, heute werden wir auf die Jagd gehen, um den Göttern für eure Ankunft zu danken. Dadurch werden wir unsere Freundschaft verstärken. Am Abend wird es dann wieder ein berauschendes Fest geben.« Hans Werner sprang voller Freude auf.
»Jawohl! Endlich! Ich kann es kaum erwarten, ein paar Tiere zu erlegen!«
Marko wandte sich an Hans Werner und sprach feierlich: »Ich sehe schon, mein Freund, der Gott der Jagd hat dich mit viel Enthusiasmus gesegnet. Sie ist etwas ganz Besonderes für dich.« Er legte seine große, goldene Hand auf Hans Werners Schulter und gab einer Wache nahe der Tür ein Zeichen.
»Bring ihn hinauf in die Waffenkammer! Er soll sich sattsehen an den Instrumenten der Jagd und des Krieges. Dann wähle weise, welches du heute Nachmittag verwenden möchtest«, sagte er eindringlich zu Hans Werner. Der grinste breit, als die Wachen neben ihm Aufstellung bezogen.
»Ich weiß gar nicht was ich sagen soll «, stotterte er verlegen. »Ich meine, einer meiner sehnlichsten Wünsche ist gerade in Erfüllung gegangen! Wundervolle Frauen und scharfe Waffen. – Das muss einfach der Himmel sein!«, rief er und verließ flankiert von den Wachen den Saal.

Die anderen erwarteten gespannt, was Marco noch zu sagen hatte.
»Da wir das nun geklärt hätten, möchte ich euch einladen, euch an den Speisen zu stärken! Danach könnt ihr euch in eure Gemächer zurückziehen und für die Jagd vorbereiten.« Verdutzt sah Liz ihn an.
»Willst du wirklich wehrlose Tiere jagen und dann töten?«, fragte sie mit Tränen in den Augen.
»Oh, meine Liebste!«, flüsterte Marco ihr zu, während er ihre Hand sanft umfasste. »Es rührt mich, wie du dich um die Fauna dieser Welt sorgst, doch du musst verstehen, dass alles im Gleichgewicht bleiben muss. Wir sind Teil der Natur und auch wir müssen essen, um zu überleben. Nach unserem Tod werden wir wieder zu Erde, auf der dann das Gras wächst, welches wieder die Tiere ernährt. Verstehst du?«, fragte er liebevoll. Liz nickte verlegen. So hatte sie das noch nie betrachtet.
Ellena hingegen war vollkommen in ihren Gedanken versunken gewesen, als die großen Flügeltüren des Saals erneut geöffnet wurden und Juma in seiner kompletten Jagdmontur hereinkam. Sofort riss sie dieser einmalige Anblick aus ihren Tagträumen und sie konnte nur noch ihn anstarren. Ellena hatte Juma sofort an seinen wundervollen Augen erkannt. Er trug einen Federumhang und die knöcherne Maske, die Ellena so bekannt war.
»Da bist du ja, mein Junge!«, dröhnte seines Vaters Stimme. »Komm, setz dich erst mal und speise mit uns!«, verlangte er. Juma tat, wie ihm befohlen und wählte den freien Platz direkt neben Ellena. Die war kurz verwundert, behielt aber die Fassung und tat so, als interessierte sie das nicht weiter. Während alle geschäftig speisten, wanderte Ellenas Blick immer wieder zu Juma, der andächtig an einem Stück Brot

kaute. Doch auch Juma hatte ihre heimlichen Blicke bemerkt und beugte sich verstohlen zu ihr herüber, um ihr etwas ins Ohr zu flüstern. Dabei war er so schnell und diskret, dass niemand sonst es bemerkte.
»Wir treffen uns heute nach Einbruch der Nacht am Wasserfall! Versprich mir, dass du da sein wirst!« Ellena bestätigte mit einem leichten Nicken. Der Wasserfall war genau der richtige Platz für eine Aussprache.

Als das Essen beendet war, erhob sich der König.
»Ihr könnt euch jetzt für die Jagd bereit machen. Jeder von euch wird eine Rüstung erhalten sowie eine Waffe seiner Wahl. Wenn ihr die Rüstungen angelegt habt, treffen wir uns auf dem Marktplatz vor dem Palast. Dann soll die Jagd beginnen!«, verkündete er würdevoll. Nach diesen Worten schritt er mit Juma durch den Saal und beide verschwanden in einem der vielen Seitengänge.
Derweil machten sich Ellena und die anderen auf den Weg in die Waffenkammer. Dort trafen sie Hans Werner, der sabbernd an einem der vielen Messer klebte und seine Augen nicht von ihm abwenden konnte.
»Endlich seid ihr da!«, rief er, ohne hinzusehen, und winkte die anderen herbei. »Hier gibt es so viele wunderschöne Dinge! Ich fühle mich wie im Paradies!«, schwärmte er und griff sich eins der Jagdmesser, um damit herumzufuchteln.
Liz stöhnte angesichts der Aggressionsbereitschaft des alten Mannes. Indessen studierte James eines der Bücher über das Kriegshandwerk, das er in einem der Regale gefunden hatte. Ellena hingegen bewunderte die Pracht der vielen Kriegswerkzeuge und Rüstungen. In einer Ecke entdeckte sie einen Ständer mit vielen Schädeln, an denen unten Umhänge befestigt waren, die aus Tausenden bunten Federn bestan-

den. Langsam ging Ellena hinüber und begutachtete die ungewöhnliche Bekleidung. Sie streckte zögernd ihre Hand danach aus, doch kurz bevor sie einen der Schädel berühren konnte, spürte sie jemanden über ihre Schulter blicken. Reflexartig wandte sie sich um und entdeckte Liz, die naserümpfend hinter ihr stand.

»So etwas Grauenvolles!«, rief sie aus und wandte sich angeekelt ab. »Du solltest besser eine dieser knappen ledernen Kombinationen hier drüben probieren«, riet Liz Ellena. Hans Werner war ebenfalls sofort Feuer und Flamme.

»Ja, das solltet ihr zwei wirklich tun! Diese Outfits hat uns der Sonnengott persönlich gesandt! Preiset den Herrn!«, verkündete er und rieb sich erwartungsvoll die Hände.

Ellena verdrehte dazu die Augen, dann entschied sie sich aber dafür, wie auch Liz, eine solche Montur anzulegen.

Hans Werner wählte einen edlen, goldenen Brustpanzer, in dem vorne deutlich sichtbare Bauchmuskeln ausgearbeitet waren. Dazu erkor er ein langes Messer, dessen Klinge silbrig glänzte und dessen Heft mit Rubinen besetzt war. James hingegen nahm sich eine der Knochenmasken und dazu einen langen Speer, an dessen Spitze einige bunte Federn befestigt waren. Ellena wählte als Waffe einen kurzen Dolch, der reich verziert war und einen Wellenschliff trug. Liz hingegen weigerte sich, eine Waffe auch nur in die Hand zu nehmen. Sie wollte heute und zu keinem anderen Zeitpunkt ein wehrloses Tier töten. Damit waren alle bereit für die bevorstehende Jagdzeremonie.

Draußen auf dem Marktplatz wartete bereits der König mit Juma sowie fünf anderen Kriegern in ihrer vollen Kampfmontur.

»Meine Freunde! Wie schön, dass ihr uns heute auf die Jagd begleitet! Folgt mir in den Wald! Wir wollen heute Abend dem Sonnengott ein großes Opfer darbringen!« Mit diesen Worten wandte Marco sich dem Dschungel zu. Einer der Krieger blies in ein Horn, das von einem Tier zu stammen schien. Dieses Signal bedeutete, dass die Jagd nun begonnen hatte.

Schnell und kraftvoll rannten der König und seine Gefolgsleute durch den Wald. Liz und die anderen hatten große Mühe, ihnen zu folgen. Als Ellena schon dachte, ihre Lunge würde binnen kurzer Zeit kollabieren, blieben Marco und die anderen plötzlich stehen. Sie duckten sich tief ins hohe Gras und verhielten sich totenstill. James, Ellena und Liz taten es ihnen gleich, nur Hans Werner ließ sich unbeholfen auf die Erde sacken und keuchte hörbar.

»So was! Ich bin doch keine zwanzig mehr! Ich wollte zwar jagen, mich aber doch nicht anstrengen! Ich brauche eine Pause, sonst will mein altes Herz bald nicht mehr!«, prustete er mit kurzen Atempausen.

»Psssst!«, zischte Marco und deutete auf die dicht vor ihnen liegende Lichtung. Dort stand ein stattlicher weißer Hirsch, dessen Geweih riesig und ausladend über seinem Kopf aufragte.

»Der Herr des Waldes!«, flüsterte Marco und senkte sein Haupt zu dessen Huldigung.

Hans Werner, der nicht zugehört hatte, weil er sich über seine schmerzenden Beine beklagte, schaute plötzlich zur Lichtung und seine Augen weiteten sich vor Freude.

»Was für ein prachtvoller Hirsch! Das Geweih brauche ich für meine Wand!«, rief er laut und war schneller aufgestanden und losgerannt, als Ellena und die anderen ihn hätten aufhalten können. Wie ein Blitz schnellte er durch das Unterholz und hielt das große Messer schon bereit, um es dem riesigen Hirsch in den Hals zu treiben.

»Dich kriege ich!«, schrie er und lachte diabolisch. Der Hirsch jedoch entdeckte die Gefahr früh genug und riss seine Vorderhufe hoch. Er stieß einen markerschütternden Schrei aus und trat nach Hans Werner. Dieser konnte dem ersten Huf noch ausweichen, doch der zweite traf ihn am Kopf, sodass er bewusstlos zu Boden ging. Der imposante weiße Hirsch entschwand Augenblicke später im nahen Dickicht des Waldes.

Marco und die anderen eilten zu dem am Boden Liegenden hinüber, um nachzusehen, ob er noch lebte. Hans Werner lag auf dem Bauch im Matsch und schien nicht mehr zu atmen. Schnell ergriff Marco den leblosen Körper und drehte ihn herum. Er beugte sich über ihn und prüfte sowohl seinen Puls als auch die Atemgeräusche. Die Platzwunde an seinem Kopf blutete stark, doch wie es schien, hatte der Geschundene den Angriff des Hirsches überlebt.

»Wir sollten ihn lieber zurück in den Palast bringen«, schlug James vor und schaute besorgt auf den leblosen Hans Werner.

»Ja, ich denke, wir sollten zurückgehen. Der große Sonnengott wird noch auf sein Opfer warten müssen«, verkündete Marco.

Im Palast angekommen wurde der Heiler des Dorfes zu Hans Werner gebracht, während die anderen wieder in den großen Saal geleitet wurden. Marco saß an der Stirnseite der Tafel und schaute in die besorgten Gesichter der kleinen Reisegesellschaft.

»Keine Sorge! Euer Freund wird schon sehr bald wieder auf den Beinen sein. Er ist ein großer Mann im Geiste und ich bin beeindruckt, dass er es allein mit dem Herrscher des Waldes aufnehmen wollte. Doch kein Sterblicher kann dieses

Wesen töten. Es beschützt den Wald, lässt ihn wachsen, blühen und gedeihen. Euer Freund hatte also von Anfang an keine Chance. Unser Volk weiß das – und er jetzt auch.« Daraufhin lachte er schallend, während Liz die Stirn runzelte und sich für Hans Werner schämte.
»Dieser alte Sack! So ein wundervolles Tier einfach so umbringen zu wollen!«, zischte sie. James hob beschwichtigend die Hände.
»König Marco, es tut uns wirklich sehr leid, dass wir eure Jagd ruiniert haben. Aber Hans Werner ist eben ein bisschen eigen.« Nun musste Marco noch mehr lachen.
»Es ist doch alles in Ordnung. Immerhin sind wir alle mit dem Schrecken davongekommen. Ich denke, Ihr solltet jetzt in eurer Lager zurückkehren. Falls ihr noch etwas brauchen solltet, so lasst es mich wissen!«

Als alle wieder im Lager angekommen waren, begannen Ellena und Liz sogleich damit, Feuerholz zu sammeln, während James den Zeltplatz aufräumte. Er sammelte gerade ein paar große Steine auf, als er Hans Werner von Weitem ankommen sah. Freudig lief er zu dem Alten hinüber und gab ihm die Hand. Ein großer, weißer Verband zierte dessen Kopf und alles in allem sah er ein bisschen zerknautscht aus.
»Mein Lieber! Wie geht es dir denn?«, fragte James freudig. Hans Werner winkte nur ab und ließ sich auf einen der Baumstümpfe nieder.
»Unkraut vergeht nicht, Jungchen! Außerdem habe ich schon ganz andere Dinge überlebt. Aber eins ärgert mich dennoch. Nämlich dass mir dieser kleine, miese Hirsch entkommen ist!«
James freute sich und schmunzelte. Hans Werner war wieder da!

4. August, Mahogi

Es war bereits finstere Nacht, als Ellena vorsichtig und so geräuschlos wie möglich den Reißverschluss ihres Zeltes öffnete. Draußen flackerte das Feuer. Weit und breit war keine Menschenseele zu sehen. Das war ihre Chance! Rasch kletterte sie aus dem Zelt und überquerte die Lichtung, auf der sie lagerten. Ihr Ziel war der Wasserfall.
Plötzlich ertönte wie aus dem Nichts eine Stimme, die Ellena zusammenzucken ließ.
»Na, wohin denn so eilig?«, erscholl es über die Lichtung. Es war Hans Werner, der am Feuer saß und mit seinem neuen Messer spielte. Das hatte er gestern vom König persönlich geschenkt bekommen. Sein Kopfverband glänzte weiß im Schein der lodernden Flammen.
»Ich muss nur mal um die Ecke«, erklärte Ellena knapp.
»Ja, ja, so seid ihr Weiber eben. Nun denn, gutes Gelingen und lass dich nicht von wilden Tieren auffressen, es wäre zu schade um dich!« Ellena verdrehte ungesehen die Augen.
In dem Moment fuhr Hans Werner fort: »Soll ich dich nicht lieber begleiten? Nur, damit dir nichts passiert. Du musst wissen, mit meinem neuen Messer bringe ich alles und jeden zur Strecke!«, prahlte er mit einem diabolischen Lächeln. Ellena hob beschwichtigend die Hände.
»Nein, nein, vielen Dank! Es ist schon gut. Ich bin mir sehr sicher, dass ich das alles auch alleine schaffe.« Hans Werner nickte zustimmend.
»Nun gut. Dann pass auf dich auf! Wir brauchen schließlich jemanden, der das Camp fegt!«
Ellena lächelte gespielt und verschwand, so schnell sie konnte, in der Dunkelheit, ohne weiter darauf einzugehen.

Juma wartete bereits ungeduldig, als Ellena endlich aus dem Unterholz stieg. Sofort fielen beide einander in die Arme.

»Wo waren wir stehengeblieben?«, flüsterte Ellena zärtlich und senkte ihren Mund hinab auf Jumas. Dieser erste Kuss war zaghaft. Beide genossen das Gefühl des jeweils anderen, bis Juma sich losriss.

»Ich kann das alles nicht!«, stöhnte er keuchend. Die Intensität dieses Kusses hatte ihm den Atem geraubt. »Ich ... ich muss dir etwas sagen«, flüsterte er. Ellena runzelte die Stirn.

»Was ist los mit dir?«, fragte sie flehentlich. Juma wandte seinen Blick ab.

»Ich werde ... nein, ich muss bald heiraten. Um des Friedens willen! Ich muss doch mein Volk beschützen«, rief er verzweifelt. Ellena schüttelte vehement den Kopf.

»Aber ... aber du musst doch nichts tun, das du selber nicht willst! Komm mit mir in meine Welt! Seit ich dich zum ersten Mal traf, sehe ich endlich wieder einen Sinn in meinen Leben!« Darauf wandte sich Juma noch weiter ab und starrte zu Boden.

»Der Sinn meines Lebens ist es, meinem Volk den ersehnten Frieden zu bringen«, sagte er matt und ausdruckslos, doch Ellena wollte nicht aufgeben.

»Das will und kann ich nicht glauben! Du musst niemanden heiraten, den du nicht liebst, nur weil sie deinem Volk mit Krieg drohen!«

Juma entfernte sich einige Schritte von Ellena und ließ sich ermattet auf einen großen Stein in der Nähe sinken. Die bedächtige Stille wurde nur ab und zu von einer Grille gestört. Ellena seufzte und ging zu Juma hinüber.

»Welch wundervoller Ort das hier ist!«, sagte sie leise und ließ sich neben Juma nieder. »Weißt du, meinem lieben Freund Blauwal hätte es hier sehr gut gefallen«, sagte Ellena wehmütig. Sie tippte mit dem Finger aufs Wasser, sodass es kleine, kreisrunde Wellen schlug.

»Wer ist das?«, fragte Juma und blickte sie unverwandt an. Ellena lächelte und schaute zum Firmament, an dem tausende Sterne funkelten.

»Er war mein Goldfisch und starb kurz vor meiner Reise hierher. Wenn ich ehrlich bin, war er mein einziger Freund.« Bei dem Gedanken an ihren kleinen Freund wurde Ellena todunglücklich.

»Das tut mir sehr leid«, gab Juma zurück. »Du musst ihn sehr gemocht haben.« Ellena konnte nur stumm nicken.

»Weißt du, auch ich habe jemand sehr Wichtigen in meinem Leben verloren«, sagte Juma sanft und schaute in das Wasser. Er beugte sich zu Ellena hinüber, um sie tröstend in den Arm zu nehmen. »Meine Mutter starb, als ich noch klein war. Ich liebte sie sehr und noch heute tut mir mein Herz weh, wenn ich an sie denke.« Sanft schmiegte er sich an Ellenas Schulter. Die stand auf, zog ihn mit und drückte ihn an ihre Brust.

»Keine Sorge, ich bin jetzt bei dir«, flüsterte sie und wollte ihrem geliebten Juma Trost und Sicherheit spenden. Die beiden Liebenden standen eine ganze Weile fast bewegungslos da und genossen die Zärtlichkeiten.

»Lass mich dich weiter treffen«, verlangte Juma nun zögerlich. »Denn auch wenn ich nicht mit dir zusammen sein kann, so will ich doch die mir verbleibende Zeit mit dir verbringen. Nutzen wir die Nächte, auf dass wir diese wundervolle Zeit zusammen niemals vergessen!«, sagte er inbrünstig. Ellena nickte bestätigend und küsste Juma hingebungsvoll.

»Ich empfinde mehr für dich als bloße Zuneigung«, flüsterte Juma leise. Ellenas Augen begannen zu funkeln.

»Ich liebe dich auch«, gab sie leise zurück und küsste ihn erneut leidenschaftlich.

So trafen sie sich nun Nacht für Nacht am Wasserfall, ihrem geheimen Ort. Eines Abends, als Ellena Juma gerade Liebesgedichte vorlas, störte plötzlich ein lautes Rascheln die Idylle. Blitzartig fuhr Juma herum. Doch er konnte in der Dunkelheit nichts erkennen.
»Meinst du, da war jemand?«, fragte er Ellena. Er stierte in die Umgebung und versuchte, etwas zu sehen.
»Es war nur mein Herz, das vor Freude immer schneller schlägt, weil wir beide in diesem Paradies zusammen sein können«, sagte Ellena leidenschaftlich in seine Richtung. Nach diesen Worten war Jumas Besorgnis sogleich vergessen. Lächelnd wandte er sich wieder dem Wasserfall zu und Ellena begann, ein neues Gedicht vorzutragen.
»Ich mag dieses Buch wirklich sehr gerne«, flüsterte Juma leise. Ellena lächelte.
»Weißt du was? Ich möchte, dass du am Ende meines Urlaubs dieses Buch behältst. Sozusagen als Erinnerung an mich.« Juma küsste seine Ellena erneut und war gleichzeitig todunglücklich.

Vollkommen durcheinander hastete Cheche durch das Dunkel der Nacht. Konnte das, was sie gerade gesehen hatte, wirklich wahr sein? Ihr geliebter Juma in den Armen einer Fremden?
›*Sie gehört zu diesem Expeditionsteam*‹, dachte sie bei sich im Stillen und kochte vor Wut. Irgendwie konnte sie das alles nicht mehr verstehen. Immer schneller trugen sie ihre Füße durch das Unterholz des Urwaldes. Ihre Mutter musste schleunigst davon erfahren!

10. August, Mahogi

In ihrem Dorf angekommen hastete Cheche durch die menschenleeren Straßen wie ein wildgewordener Stier. Sie rannte bis zum Palast, in dem ihre Mutter bereits an einer reich gedeckten Tafel saß und einige Früchte zu sich nahm. Als sie sich gerade erheben und ihre Tochter mit einer Umarmung herzlich begrüßen wollte, fing diese prompt an, wie ein Wasserfall zu reden. Völlig ohne Punkt und Komma sprudelten die Worte aus ihr heraus und Tamara dachte fast, sie würde nie wieder Luft holen.
»Kind, Kind!«, rief ihre Mutter und packte sie bei den Schultern, um ihren Redeschwall zu unterbrechen. »Sprich langsam und erzähle mir bitte eins nach dem anderen! Du musst dich beruhigen! Ich verstehe sonst kein Wort«, sagte Tamara langsam und deutlich. Cheche schloss für einen Moment die Augen und atmete einmal tief durch.
»Mutter, wie gut, dass ich dich zu so später Stunde noch antreffe! Du wirst nicht glauben, was ich vorhin am Wasserfall beobachtet habe! Juma in den Armen einer dieser Frauen aus dem fremden Land! Ich traute meinen Augen zuerst nicht, aber dann realisierte ich, dass mich meine Augen einfach nicht getäuscht haben!« Sie warf sich in die Arme ihrer Mutter und begann, bitterlich zu weinen und zu schluchzen. »Ich dachte, er liebt nur mich alla-hein!«, rief sie ganz und gar verzweifelt. Ihre Mutter drückte sie an sich und tätschelte liebevoll über ihr Haar.
»Nun ja, der Apfel fällt nicht weit vom Stamm. Wie der Vater so der Sohn. Sei nicht traurig, meine geliebte Tochter. Du hast einen viel besseren Mann verdient als diesen verlogenen Prinzenbengel!«, tröstete Tamara ihre Tochter. »Wir finden für dich einen Besseren. Das verspreche ich dir!«,

erklärte sie.

»A-haber wenn ich doch keinen anderen als meinen Juma will!«, jammerte Cheche zum Steinerweichen. »Er war doch mein Ein und Alles!«, rief sie vor Verzweiflung und weinte wieder bitterlich. Tamara hatte nun wirklich Schwierigkeiten, sie zu beruhigen.

»Ich weiß das doch, mein liebes Kind. Und ich bin genauso erbost wie du über diese Vorgänge. Aber …« In diesem Moment stieß sich Cheche von ihrer Mutter ab und raufte sich die Haare.

»Wenn ich ihn nicht haben kann, dann soll ihn auch keine andere bekommen!«, schrie sie aufgebracht.

Tamara überlegte kurz.

»Diese Unverfrorenheit, unseren Stolz und damit unsere Ehre derart zu beschmutzen, schreit geradezu nach einem Ehrenmord!«, verkündete Tamara mit fester Stimme.

Ungläubig blickte ihre Tochter die Herrscherin der Amazonen an. Ein Moment verging, doch dann nickte sie leicht.

In diesem Moment wurde einer der anwesenden Diener hellhörig. Er war Jumas persönlicher Diener und engster Vertrauter. Schon als der Prinz klein war, hatte er sich um ihn gekümmert. Dadurch war ihm Juma ans Herz gewachsen. Der Plan der Amazonen gefiel ihm ganz und gar nicht. Er musste ihn auf jeden Fall vereiteln. Er servierte den beiden scheinbar emotionslos das Dessert. Gleich darauf verschwand er unauffällig und lautlos, um schnurstracks zu seinem Herrn zu eilen und ihm von der geplanten Gewalttat zu berichten.

So schnell ihn seine Beine tragen konnten, eilte der Diener aus dem großen Festsaal in Richtung des Palasts des Mahogistammes. Er musste Juma finden, koste es, was es wolle!

Unterwegs wäre er fast über eine Frau gestolpert, die sich ihm an den Hals warf, um ein wenig Geld zu erbetteln. Aber er durfte jetzt keine Zeit verlieren.
»Aus dem Weg!«, rief er und eilte weiter, die Palasttreppen hinunter. »Ich habe eine heilige Mission zu erfüllen!«
Kaum hatte er das geschrien, gingen ihm die Menschen fast von alleine aus dem Weg. Er eilte durch den Dschungel, sprang über Baumstümpfe und rannte durch hohes Gras. Nicht mal der kleine Bach, der die Grenze zum Nachbarland bildete, konnte ihn aufhalten. In seinen Adern brannte das Blut wie Säure, als er endlich das kleine Dorf erreichte, das in einem kleinen Halbkreis vor dem majestätischen Palast lag. Der Diener schnappte nach Luft und strauchelte, als er die Palaststufen hinaufeilte, während er immer noch rannte und zwei Stufen auf einmal nahm. Oben angekommen stieß er die Türen auf und hastete bis in den Thronsaal, in dem er trotz der späten Stunde den König vorfand. Vor ihm brach er auf die Knie zusammen.
»Was ist dein Anliegen?«, fragte der König hoheitsvoll. Doch der Diener musste erst einmal wieder zu Atem kommen. Nur stockend brachte er die Worte heraus.
»Ich ... also ... ich muss ... ich muss dringend Juma sprechen!«, sagte er keuchend. Der König zog die Augenbrauen zusammen. Dann hob er die Hand und ein anderer Diener erschien an seiner Seite.
»Bringt diesem armen Teufel einen Becher Wasser und lasst ihn sich ausruhen. Dann geht meinen Sohn suchen und sagt ihm Bescheid! Ich denke, Juma sollte sich anhören, was er zu sagen hat.«
Der zweite Diener tat wie ihm befohlen und führte den Ankömmling hinaus in ein kleines Nebenzimmer.
Es vergingen keine zehn Minuten, bis Juma das kleine Zim-

mer betrat und dem anderen Diener befahl, ihn mit seinem Freund alleinzulassen. Er setze sich neben seinen Vertrauten und legte ihm die Hand auf die Schulter.

»Nun sprich, mein alter Freund! Weshalb hast du deinen Posten am Hof der Amazonen verlassen? Du bist bleich, als hättest du einen Geist gesehen«, stellte er fest.

»Juma, mein Herr! Schreckliche Dinge musste ich hören. Ich weiß, dass ich dort bin, um Eurer Verlobten zu dienen und zu gehorchen. Doch tief in meinem Inneren seid Ihr mein Herr. Deswegen konnte ich auch nicht anders, als so schnell wie möglich zu Euch zu kommen.« Diese Aussage rührte Juma, doch langsam wurde er ungeduldig.

»Nun sag mir schon, was du gehört hast! Was war denn so schlimm, dass du wie ein Irrer durch den Wald gehetzt bist? Das ganze Dorf spricht bereits darüber!«, verlangte Juma. Betreten schaute der Diener zur Seite, doch dann rückte er endlich mit der Sprache heraus.

»Ich hörte vorhin Cheche und ihre Mutter über einen Mord sprechen«, sagte er im Flüsterton.

»Einen Mord!«, rief Juma entsetzt.

»Ja, mein Herr, einen Mord! Doch nicht irgendeinen, sondern sie sprachen von einem Ehrenmord. Die Frau soll sterben, die die Fremden Ellena nennen. Cheche hat Euch mit ihr zusammen am Wasserfall gesehen. Nun bin ich in Sorge, dass sie auch Euch etwas antun könnten«, berichtete der Diener und schaute flehend in Jumas Richtung. »Ihr müsst fliehen – oder ihren Zorn besänftigen! Vielleicht könnt Ihr alles abstreiten und sie um Vergebung bitten. Sonst, so befürchte ich, wird ihre Rache fürchterlich sein!«

Bei diesen Aussichten wurde Juma leichenblass. Er wusste nur zu gut, welche Intensität die Rache und Wut der Amazonen annehmen konnten. Er musste sofort zu Ellena, um sie zu warnen! Anschließend musste er sie und ihre Freunde so schnell wie möglich von der Insel herunterbringen, denn wenn die Amazonen einen Mord planten, würde er sehr bald geschehen. Dieser Entschluss ließ ihm heiße Tränen in die Augen steigen. Doch es musste sein, denn er könnte sich niemals verzeihen, falls Ellena etwas zustoßen sollte.

In der nächsten Nacht war Juma bereits früh am Wasserfall und erwartete sehnsüchtig Ellenas Ankunft.
Als es im Gebüsch raschelte, drehte er sich um und war bereits hocherfreut. Doch zu Jumas Leidwesen kam lediglich der nackte Hans Werner aus dem Unterholz gestapft. In diesem Moment wurde Juma von hinten gepackt und ins Gebüsch gezogen. Hans Werner merkte davon nichts und stieg voller Vorfreude in den See vor dem Wasserfall, um darin zu baden. Juma indes hockte unter dem Gebüsch und spürte eine seidenweiche, ihm wohlbekannte Hand, die sich auf seinen Mund presste.
»Psst! Kein Wort! Ich bins, Ellena! Was machst du so früh schon hier? Es ist sehr gefährlich, wenn dich einer entdecken sollte!«, zischte Ellena im Flüsterton. Vorsichtig wandte Juma sein Gesicht ihr zu und lächelte seine Geliebte an. Nun gebot Ellena ihm, ihr zu folgen.
»Sei besonders leise! Der Alte hat Ohren wie ein Luchs und seine Flinte ist immer schussbereit. Hört er uns im Unterholz, wird er uns für ein Tier halten und sofort schießen«, flüsterte Ellena weiter und kroch voran. Juma nickte leicht und versuchte, Ellena zu folgen, ohne das leiseste Geräusch zu verursachen.

Eine ganze Weile gingen sie zusammen durch den Dschungel. Ein Käuzchen stieß leise Klagerufe aus und die Insekten

zirpten eine tröstliche Melodie der Nacht. Auf einer Lichtung floss ein kleiner Bach. Dort tanzten viele kleine Glühwürmchen und wetteiferten mit den Sternen.
»Hier ist es perfekt!«, rief Ellena vergnügt und zog Juma mit sich an das Bachufer. »Deine Welt ist so wunderschön! Genau so wunderschön wie du!«, säuselte sie und schaute Juma tief in die Augen. Der lächelte liebestrunken. Beinahe hätte er vergessen, was er ihr sagen musste. Er musste Ellena alles berichten! Oder war es vielleicht besser, sie wusste nichts von der drohenden Gefahr?
»Ellena, also ich ...«, begann er zaghaft.
»Ja, sprich weiter! Was kann ich für dich tun?«, fragte Ellena.
»Ich muss dir etwas erzählen und das duldet keinen Aufschub!«, sagte Juma ernst und mit festem Blick. Er erhob sich, wandte der romantischen Szenerie den Rücken zu und presste hervor: »Wir dürfen uns nicht mehr sehen! Es ist gefährlich geworden und darum trennen sich unsere Wege ab jetzt. Du musst wieder zurück in dein Land fahren und ich werde die Prinzessin heiraten. Um des Friedens willen.«
Diese Worte ließen Ellena staunen. So hatte sie Juma noch niemals erlebt. Er wirkte auf einmal so königlich und edel. Dann schüttelte Ellena ihre Paralyse ab, stand ebenfalls auf und trat neben Juma.
»Wir sollen uns nicht mehr treffen? Einfach so? Gefährlich war es schon beim ersten Mal. Also sag mir genau, was passiert ist, damit ich dir helfen kann«, forderte Ellena einfühlsam. Doch Juma schüttelte nur den Kopf. Seine Gefühle fuhren gerade Achterbahn. Er wollte davonlaufen, doch Ellena hatte ihn schon gepackt und an sich gepresst. Fest drückte sie seinen Kopf auf ihre Brust. Bei diesem Kontakt kannten seine Tränen kein Halten mehr und seine Verzweiflung brach sich Bahn.

»Ellena, sie wollen dich umbringen! Und alles ist nur meine Schuld! Das dürfen sie nicht schaffen! Ich liebe dich über alles!«, rief er laut und verzweifelt. Er schluchzte laut und weinte bitterlich. Ellena strich ihm langsam über den Kopf.
»Du darfst nicht weinen. Beruhige dich doch! Wer will mich umbringen? Und woher weißt du das? Bist du dir auch ganz sicher?«, fragte Ellena ganz leise.
Juma riss sich von ihr los und schaute Ellena fest in die Augen.
»Cheche muss uns vergangene Nacht am Wasserfall beobachtet haben. Daraufhin hat sie alles ihrer Mutter berichtet und die war darüber gar nicht erfreut. Die Amazonen fühlen sich in ihrer Ehre verletzt und die kann nur durch einen Ehrenmord wiederhergestellt werden. Es steht also außer Frage, dass sie dich umbringen werden, wenn du nicht so schnell wie möglich von dieser Insel verschwindest!«, sagte Juma sehr eindringlich. Ellena konnte gar nicht glauben, was sie gerade hörte.
»Aber was wird aus dir, wenn ich hier verschwinde? Auch dich werden sie jagen und umbringen, um ihre sogenannte Ehre wiederzuerlangen. Du musst dann allein für unsere Liebe büßen und das kann ich nicht zulassen!«
Juma schaute betreten zur Seite. Doch nur, um seinen Mut zusammenzunehmen und Ellena ohne Furcht wieder in die Augen zu blicken.
»Lass das mal meine Sorge sein! In diesem Moment ist dein Leben bedrohter als meines.« Seine Worte berührten Ellena so sehr, dass sie Juma wieder in die Arme nahm.
»Es tut mir wirklich sehr leid, aber die Lösung kann für mich nicht Fortlaufen sein. Ich liebe dich und dazu stehe ich. Wenn deine Verlobte Rache will, dann werde ich mich ihr morgen stellen und ihr zeigen, wer hier die Stärkere ist!«,

sprach sie feierlich. Sie hatte mit Wut und Protest gerechnet, doch stattdessen ließ Jumas Lachen ihren Körper vibrieren. Er lachte auf einmal so herzlich, dass ihm die Tränen kamen.

»Du?! Es tut mir leid, Ellena, aber gegen diese Frau hast du nicht einmal den Hauch einer Chance. Sie ist meisterhaft mit den Bogen, dem Kurz- und dem Langschwert. Selten sah ich so einen starken und präzisen Speerwurf und selbst das Ringen beherrscht sie wie ein Mann. Sie schwingt den Morgenstern wie eine Furie und mit ihrer Streitaxt spaltet sie deinen Schädel mit einem Streich. Sie ist im strategischen Planen besser als mein Vater und kann jeden unserer Krieger mühelos besiegen. Mein Gott, ihre Oberarme sind mächtiger als meine Schenkel!«

An dieser Stelle wurden seine Lobeshymnen auf Cheche von Ellena unterbrochen. Deren Gesicht hatte die Farbe des Mondes angenommen.

»Ist ja schon gut! Ich habe verstanden. Dann stelle ich mich eben nicht, sondern verschwinde still und heimlich morgen bei Tagesanbruch. So, wie du es willst«, versprach sie kopfschüttelnd. Ihr Versprechen zauberte ein Lächeln auf Jumas Gesicht.

»Ich danke dir, meine Liebe! Mein Boot wird morgen für euch bereitstehen.«

11. August, Mahogi

Kaum war die Sonne aufgegangen, erwachte Ellena von dem Lärm, der draußen vor ihrem Zelt herrschte. Schlaftrunken rieb sie sich die Augen und steckte ihren Kopf durch den geöffneten Zeltreißverschluss.
»Was macht ihr denn alle so früh am Morgen schon auf den Beinen?«, fragte sie verschlafen in die Runde. James, der gerade eine große Kiste vorbeitrug, blieb stehen und schaute sie entgeistert an.
»Na wir legen heute Nachmittag ab und fahren nach Hause! Die Mahogianer haben uns ein Schiff bereitgestellt. Mich wundert zwar die Eile, aber sie werden schon ihre Gründe haben«, erklärte er. Nun weiteten sich Ellenas Augen. Juma hatte bereits all seine Versprechungen wahrgemacht!
»Nun träum hier nicht so rum! Hilf uns lieber beim Verladen unserer Fracht«, rief James noch über die Schulter, bevor er seinen Weg fortsetzte.
»Nun ist es also doch so weit gekommen«, dachte Ellena, »ich fahre wieder nach Hause.« Als diese Erkenntnis ganz unten in ihren Geist eingesickert war, seufzte sie tief und schwer. Dann suchte sie ihre Sachen zusammen und machte sich auf den Weg zum Wasserfall, um zu duschen. Unter dem kühlen, prasselnden Wasserfall zu stehen, erfrischte sie sehr. Ihre Gedanken schweiften frei herum und das beruhigte ihre Nerven und leerte ihren Kopf. Doch als Ellena sich gerade einseifen wollte, hörte sie ein verdächtiges Geräusch, das direkt aus dem naheliegenden Dschungel kam. Sie wollte sich gerade umdrehen, als es bereits zu spät war. Von ihr völlig unbemerkt hatte sich ein Dutzend bewaffneter Amazonenkriegerinnen an sie herangeschlichen. Die vielen Frauen zielten nun mit allen erdenklichen Waffen auf sie. Ellena

hob langsam die Hände. Als sie ihre Nacktheit bemerkte, bedeckte sie lieber schnell ihre Blößen. Zu ihrer Scham führten sie die Amazonen mit einer Leine um den Hals und lediglich mit einem winzigen Handtuch bekleidet durch den Dschungel, bis sie auf dem Dorfplatz der Kriegerinnen angekommen waren.
Dort warteten bereits Cheche und ihre Mutter Tamara in voller Kampfmontur auf sie. Juma stand völlig verängstigt an ihrer Seite. Seine Augen weiteten sich voller Angst, als er die halbnackte Ellena an der Leine sah. Dennoch schwieg er. Die Kriegerinnen, die sie entführt hatten, warfen sie in den Staub vor Cheches Füßen.
»Haben wir dich also erwischt!«, rief die erbost. »Da du nun hier bist, kann die Zeremonie endlich beginnen. Morgen wird dich dann ein Zweikampf gegen meine Erhabenheit erwarten. Mit deinem Blut werde ich den ewigen Bund zwischen mir und Juma besiegeln!«
Ellena wurde wie eine räudige Hündin am Marktplatz angepflockt und musste mit ansehen, wie ihr geliebter Juma zwangsverheiratet wurde.
Die Zeremonie lief relativ unspektakulär ab. Der Priester sprach ein paar Worte und dann war es auch schon vorbei. Ellena wendete ihren Blick ab, als die beiden sich küssten. Diese Zeichen der Verbindung konnte sie einfach nicht ertragen. Es war schlimm genug, die darauffolgenden Jubelrufe der Kriegerinnen und Dorfbewohner mit anhören zu müssen. Voller Verzweiflung ließ sie sich in den Staub fallen und weinte bitterlich, während alle um sie herum feierten. Wie es Juma gehen mochte, konnte sie sich nur vage vorstellen.

Tief in der Nacht schreckte sie hoch, weil jemand an ihrer Leine zog. Ellena war prompt hellwach und wollte schon zum Angriff übergehen, als sie in Jumas sanfte Augen sah.
»Juma! Was …?«, rief Ellena erschrocken, doch der Häuptlingssohn gebot ihr, zu schweigen.
»Psst! Sei doch leise! Sonst hören sie uns«, flüsterte er und begann, an Ellenas Fesseln zu zerren.
»Hör zu, zieh dir das über! Ich werde dich jetzt befreien und dann verschwindest du von hier, so schnell du kannst. Ich habe dich schon viel zu weit mit hineingezogen«, flüsterte er und gab Ellena eine lange Leinentunika. Doch Ellena wollte dieses Geschwätz nicht hören.
»Niemals!«, zischte sie erbost. »Ich kann dich doch hier nicht alleine zurücklassen! Sie wird dich für das, was du mit mir hattest, quälen – und das an jedem Tag in eurer Ehe …«
Juma fiel ihr ins Wort.
»Du musst mir gehorchen! Ich will es so! Und nun geh endlich! Los, los, los!« Noch bevor Ellena etwas erwidern konnte, küsste er sie flüchtig. Dieser Kuss genügte, um Ellena zum Aufgeben zu bringen. Als ihre Fesseln gelöst waren und sie das Hemd übergestreift hatte, stand sie auf und lief davon in den Dschungel, ohne sich noch einmal umzudrehen.

12. August, Mahogi

Ellena hatte kaum das Basislager erreicht, als ein ohrenbetäubendes Geräusch die nächtliche Stille des Waldes zerschnitt. Das dumpfe Dröhnen eines Horns war es, das Myriarden von Vögeln krächzend aufflattern ließ, da war sie sich absolut sicher. Dieses Geräusch konnte nur eins bedeuten: Die Amazonen hatten ihre Flucht soeben bemerkt! Ellena konnte nur noch hoffen, dass sie Juma nicht erwischt hatten. Doch für sie war es jetzt an der Zeit, zu handeln. Ellena stopfte eilig das Nötigste in ihren Rucksack und verließ fluchtartig das Zelt in Richtung Meer. Das war die einzige Möglichkeit, ihr Leben zu retten.
So schnell sie ihre Füße trugen, rannte Ellena durch das Unterholz. Es war wie in einem Alptraum. Das dumpfe Dröhnen des Horns trieb sie an, immer schneller und schneller zu laufen, obwohl bereits alle ihre Muskeln brannten, als würde sie durch flüssige Lava laufen. Hinter sich konnte Ellena die Kampfschreie der wütenden Amazonenhorde hören. Sie musste unter allen Umständen das Schiff erreichen, auch wenn das hieß, Juma nie wieder in den Armen halten zu können. Diesen Gedanken schüttelte sie schnell wieder ab. Dafür hatte sie jetzt keine Zeit!
Ellena war so mit ihren Gedanken beschäftigt, dass sie die große Wurzel komplett übersah, die ihren Weg einige Meter voraus blockierte. Als Ellena sie bemerkte, war es bereits zu spät und mit einem dumpfen Knall landete sie mit dem Gesicht voran im Dreck. Noch bevor sie Zeit hatte, sich wieder zu erheben, hatte sie bereits eine Amazone am Arm gepackt und nach oben gezerrt.
»Hierher! Ich habe sie!«, brüllte die Kriegerin durch das Unterholz und riss an Ellenas Arm. Doch die dachte nicht

daran, einfach aufzugeben. Wie ein wildgewordenes Tier strampelte Ellena und wedelte mit dem freien Arm, bis sie sich irgendwie befreit hatte. Aber auch die Amazone gab sich nicht so einfach geschlagen. Wendig wie eine Raubkatze zückte sie ihren Dolch und verwundete Ellena damit im Gesicht. Ein tiefer Schnitt zog sich waagerecht über Ellenas linke Wange. Wie erstarrt stand sie da und betastete ungläubig ihre höllisch brennende Wunde.
Die Amazone lachte: »Was denn? Dieser Kratzer macht dir etwas aus? Du bist eine noch viel größere Heulsuse, als ich dachte!« Gerade als der Dolch erneut durch die Luft auf sie zuschoss, erwachten Ellenas Reflexe wieder zum Leben. Gerade noch rechtzeitig duckte sie sich weg und holte zum Gegenschlag aus. Ihre Faust traf die Amazone seitlich am Kopf, doch die Kriegerin schwankte kaum und schüttelte sich nur ein paar Mal, um wieder klare Sicht zu bekommen. Aber genau diesen Augenblick brauchte Ellena, um davonzukommen. Wie von der Tarantel gestochen rannte sie los und von neuem begann die Jagd auf sie.
Nur noch wenige Meter, dann hatte sie den Strand erreicht! Die salzige Meeresluft brannte in ihrer Lunge und erschwerte das Atmen immer mehr. Hätte sie sich doch bloß etwas mehr in Form gehalten! Nun bereute sie das jahrelange Rauchen und Faulenzen vor dem Fenster. Noch immer waren ihr die Amazonen dicht auf den Fersen und Ellenas Beine waren schwer, als hingen Bleigewichte an ihnen, die sich nicht mehr bewegen lassen wollten. Dabei stand ihr der schwerste Abschnitt noch bevor: Der Strand! Im Dschungel zu laufen war schon anstrengend gewesen, doch in diesem weichen Sand zu rennen? Ellena wollte überhaupt nicht darüber nachdenken.

Der Morgen graute und endlich erreichte Ellena das Ende des Dschungels. Sie lief aus dem dunstigen Zwielicht und sofort blendete sie das grelle Licht der aufgehenden Sonne, die ihr genau entgegenstrahlte. Es dauerte einige Augenblicke, bis sich ihre Augen daran gewöhnt hatten.
Nun erstreckte sich ein wundervoller Sandstrand vor ihr. In der Bucht lag ihre Rettung! Jumas Boot schaukelte langsam auf den kleinen Wellen. Die Segel glänzten strahlend weiß und hoben sich perfekt von dem dunklen Holz ab, aus dem das Schiff gefertigt war. Ein filigran gearbeitetes Seepferdchen war als Galionsfigur ganz vorn angebracht und verlieh dem Schiff eine vornehme Eleganz. Leider konnte Ellena all diese wundervollen Details nicht bewundern, denn sie versuchte krampfhaft, so schnell wie möglich durch den Sand zu kommen, was ihr nur schwer gelang. Die Amazonen kamen immer näher und Ellena war schweißgebadet.
Inständig hoffte sie, nicht noch einmal in einem Kampf verwickelt zu werden. Ein zweites Mal würde es sicher nicht so glimpflich ablaufen. Das Meer umspülte sanft ihre zitternden Füße und dankbar ließ sich Ellena in die Fluten gleiten. So schnell sie konnte, begann sie zum Boot zu schwimmen. Hinter sich hörte sie ein vielfaches Platschen und Ellena musste sich nicht umdrehen, um zu wissen, dass die Kriegerinnen ihr sehr nahe waren. Sie mobilisierte ihre letzten Kräfte und durchpflügte die Wellen wie ein Delphin.
Endlich hatte sie das Schiff erreicht und war gerade dabei, das Tau zu erklimmen, da packte sie jemand am Fußgelenk. Es war Cheche, die wütend fauchte: »Wohin so eilig? Glaubst du etwa, wir lassen dich so einfach entkommen?«
Ellena starrte ungläubig nach unten. Sie hatten sie erwischt! Reflexartig trat sie nach Cheche, traf ihre Nase mit voller Wucht, die augenblicklich anfing, in Strömen zu bluten.

»Setzt die Segel! Schnell!«, schrie Ellena verzweifelt. Hans Werner schaute über die Reling.
»Schrei hier nicht so rum. Alles wartet ja eh nur auf dich!«, schimpfte er. Doch kaum hatte er das gesagt, sah er die zahllosen Amazonen am Strand und im Meer, die wutentbrannt versuchten, auf das Schiff zu gelangen. Plötzlich bewegte er sich sehr schnell. Derweil kletterte Ellena am Seil weiter hinauf. Cheche hatte sich nur kurz die blutende Nase gehalten, doch jetzt war sie wieder hinter Ellena her und holte schnell auf. Hinter ihr folgten noch mehr Amazonenkriegerinnen. Ellena kletterte wie eine Verrückte und sie war so froh, als sie sich über die Reling geworfen hatte. Kaum war sie an Bord, kappte Hans Werner geistesgegenwärtig das Tau, sodass Cheche und ihre Kriegerinnen schreiend und schimpfend ins Meer stürzten. Ellena war überglücklich, als sie merkte, wie sich der Wind in den Segeln fing, die sich blähten und das Schiff sich langsam in Bewegung setzte.
Sie waren alle gerettet!

Die winzigen Salzpartikel der Meeresbrise brannte wie Feuer in ihrer Wunde. Doch dieser Schmerz war nichts im Vergleich zu dem in ihrem Herzen. Die Schreie und Beschimpfungen der Amazonen wurden langsam immer leiser und Ellenas Puls beruhigte sich. Ihr Herz schlug wieder langsamer, doch es wog schwer wie Blei in ihrer Brust. Speere und Pfeile flogen vereinzelt vom Strand in ihre Richtung, doch das Schiff war bereits außer ihrer Reichweite. Vorsichtig richtete Ellena sich auf und trat an die Reling. Der Strand war schon weit entfernt, denn das Schiff hatte bereits ordentlich Fahrt aufgenommen. Ellena konnte Cheche und ihre Kriegerinnen noch gut am Strand herumtoben sehen. Aufgebracht gestikulierten sie und Ellena war sehr erleichtert.

Als sie ihren Blick über die Insel schweifen ließ, fiel ihr am Strand plötzlich ein blonder Haarschopf auf. Sie beugte sich noch weiter nach vorn und bemerkte, dass es Juma war, der dort stand und dem Schiff nachsah. In diesem peinigenden Augenblick setzte ihr Herz für einen Schlag aus. Ellena meinte, sogar Tränen in seinen Augen zu sehen und diese Vorstellung machte ihr Gemüt noch schwerer.

Epilog

Gedankenverloren starrte Ellena an die vom vielen Rauch graugewordene Decke ihres kleinen Appartements und seufzte schwer. Nicht mal eine volle Woche war vergangen, seit sie wieder zurück in der Heimat war. Doch ihr altes Leben hatte sie sofort nach ihrer Heimkehr wieder eingeholt. Ihre kleine, schäbige Wohnung, ihr toter Freund Blauwal, Julian und ihr Job. All das war schlagartig wieder präsent gewesen und damit auch der Gedanke, diesem Leben ein baldiges Ende zu setzen.
Hinzu kam jetzt noch der Verlust ihres geliebten Juma. Nach dieser Reise waren alle so glücklich gewesen.
Liz hatte ihre Spinne mitgebracht, ihr ein Terrarium gekauft und bemutterte Flauschi nun, als wäre sie ihr eigenes Kind. Marco hatte sie bei ihrer Flucht zurücklassen müssen, doch darüber war Liz nicht weiter deprimiert.
Hans Werner hatte sich eine pummlige Inselschönheit mit nach Hause gebracht. Er hatte sie dort auf der Party kennengelernt und von da an waren sie unzertrennlich gewesen. Ihr Name war Omama und es schien, als wäre sie die erste Frau, für die der Alte durchs Feuer gehen würde.
James kam mit stolzgeschwellter Brust heim. Er hielt sich nun für den besten aller Abenteuerreiseveranstalter und wollte gleich im nächsten Monat wieder in fremdes Terrain aufbrechen. Dieses Mal wollte er in die Arktis.
Doch was war mit ihr, Ellena? Alles, was sie von ihrer Reise mitgebracht hatte, war ein gebrochenes Herz, eine weitere Wunde in ihrer Seele. Wieder seufzte sie schwer. Ob sie wohl ein dickes Seil im Haus hatte? Oder sollte sie vielleicht lieber ihren Föhn in der Badewanne ausprobieren? Ellena sah Richtung Balkon und erinnerte sich an ihren Plan, einfach

aus dem Fenster zu springen und Julian einen gehörigen Schrecken einzujagen, wenn er sie dann tot fände. Doch alle diese Möglichkeiten, ihrem tristen Leben ein jähes Ende zu bereiten, deprimierten sie nur noch mehr. Wütend über ihre eigene Feigheit, schlug sie mit den Fäusten auf ihren Couchtisch, sodass die Bierdosen klapperten.
Was hatte sie schon erwarten können von dieser Reise?! Es war einfach nur hoffnungslos! Unzufrieden mit sich und der Welt stand sie auf, um sich eine weitere Dose aus dem Kühlschrank zu holen. Es lief zwar nichts Ordentliches im Fernsehen, aber ein Bier ging auch ohne die Sendungen aus dem Flimmerkasten.
Im Kühlschrank fand sie später noch einen abgelaufenen Joghurt. Sie beschloss, ihn in der Hoffnung auf eine Lebensmittelvergiftung zu essen. Doch selbst nach dem Verzehr von Bier und Joghurt fühlte sie sich immer noch furchtbar leer. Also beschloss sie, ins Bett zu gehen, um morgen, nach ihrem letzten Tag in der Bibliothek, im Baumarkt ein Seil zu kaufen.

Am nächsten Tag war Ellena bereits früh auf den Beinen. Aufgeregt ging sie in ihrer Wohnung auf und ab, als es plötzlich an ihrer Tür klingelte. Wer konnte das sein? Verunsichert ging Ellena zur Tür. Als sie öffnete, glaubte sie zuerst nicht, wer da vor ihr stand. – Es war Julian, der betreten zur Seite schaute.
»Hallo Ellena, ich wollte dir nur sagen … naja, … dass es mit leidtut. Vor deiner Reise hatte ich versucht, dir zu sagen, dass die Frau auf der Straße meine Schwester Lilly war. Sie hatte mich an diesem Tag besucht, aber du hattest mir gar nicht zugehört.«
Wie versteinert stand Ellena im Türrahmen und starrte

Julian an. Wie hatte sie nur so dumm sein können! Ihr Julian war gar nicht vergeben!? Beinahe hätte Ellena ihr Glück gar nicht fassen können. Stürmisch umarmte sie ihren Nachbarn, doch was sie dabei fühlte, fand sie umso merkwürdiger. Sie spürte zwar ein Glücksgefühl, doch Liebe konnte sie darin nicht entdecken. Es war nicht so, wie es mit Juma gewesen war. Er hatte auf der Insel ihr Herz gestohlen. Sie lächelte müde und ließ von Julian ab.
»Gut. Da wir das nun geklärt haben, sehe ich dich heute Nachmittag in der Bibliothek?«, fragte Julian. Ellena schaute betreten zur Seite.
»Ich weiß nicht. Kann sein«, gab sie zurück und ging langsam zurück in ihre Wohnung. Sie schloss die Tür hinter sich und rutschte an deren Innenseite herunter, sodass sie mit dem Rücken an der dünnen Platte lehnte. Ungezählte Fragen zermarterten ihr Hirn. Was war bloß los mit ihr? Was war gerade schief gelaufen? Wieso hatte es sich nicht richtig angefühlt? Sie schlug die Hände vors Gesicht und begann, zu weinen.
Ein Gedanke rieselte langsam in ihr Bewusstsein: Er war nicht Juma gewesen! Er war einfach nicht ihr wunderschöner, geliebter Juma gewesen! Sogleich kam ihr die Erkenntnis, dass sie Juma nie wiedersehen würde und die ließ ihre Tränen noch heißer fließen.

Eine ganze Weile verging. Ellena saß immer noch an ihrer Wohnungstür und starrte Löcher in die Korridordecke. Ihre Tränen waren versiegt, doch ihr Herz blutete langsam weiter. Vorsichtig schaute sie auf ihre Armbanduhr. Die zeigte kurz nach neun. Sie musste sich beeilen, um noch pünktlich in die Bibliothek zu kommen. Also rappelte sich Ellena auf und ging schweren Herzens zum letzten Mal an ihren geliebten

Arbeitsplatz. In ihrem Lieblingscafé ergatterte sie zum Abschied zwei Donuts mit Zuckerguss und Liebesperlen. Dazu erlaubte sie sich heute einen extragroßen Kaffee.
›*Mein letztes Frühstück*‹, dachte sie wehleidig, doch ihr Entschluss stand fest. Ihr Herz blutete und diesen übergroßen Schmerz konnte und wollte sie nicht mehr ertragen. Heute Abend sollte es also so weit sein. Den ersten Donut schlang sie bereits im Gehen hinunter und spülte mit viel Kaffee nach. Die warme Flüssigkeit tat gut, doch sie konnte die Kälte aus Ellenas Herz nicht vertreiben. Während sie die Straße hinunterging, streifte Ellenas Blick zahllose unbekannte Gesichter. Was diese Menschen wohl für Leben führten? Ob sie es besser hatten als sie? Diese Frage schien ihr leicht und eindeutig zu beantworten. Jeder hatte es besser als sie! Bei diesem Gedanken seufzte sie abermals.

Vom Weiten konnte sie bereits die goldenen Buchstaben der Bibliothek erkennen. Durch die reflektierten Sonnenstrahlen erstrahlten sie in einem Glanz, wie ihn Ellena schon ewig nicht mehr gesehen hatte. Oder hatte sie einfach keine Augen für diese Schönheit gehabt? Sie genoss den lieblichen Anblick ihres geliebten Arbeitsplatzes und beschleunigte ihren Schritt. Kaum hatte sie die Schwingtüren erreicht und geöffnet, da traf sie der wohlige Geruch von neuen und alten Büchern sowie Druckerschwärze. Sie sog diesen köstlichen und zugleich tröstlichen Duft tief ein und ging zu ihrem Arbeitsplatz hinüber. Heute wollte sie sich noch einmal alle Mühe geben, beschloss sie.
Als Ellena Platz genommen hatte, entdeckte sie die Zeitung. Sie fand einen interessanten Bericht über eine Autorenlesung kaum fünf Straßen von der Bibliothek entfernt.
Doch ihre Lektüre wurde sogleich von einem angedeuteten

Hüsteln unterbrochen. Ellena ärgerte sich sehr. Dieser Artikel schien wirklich sehr spannend zu sein. Wer störte sie denn jetzt schon so früh am Morgen?
»Was kann ich für Sie tun?«, fragte sie jetzt mürrisch, ohne den Blick von der Zeitung zu heben. Da wurde ihr ein kleines Büchlein zugeschoben und Ellena wollte ihren Augen nicht trauen.
Es war ihr altes, zerlesenes Lieblingsbuch und es gab nur einen Menschen auf diesen Planeten, der ihr eigenes zerfleddertes Exemplar besaß!
Sprachlos und mit weit aufgerissenen Augen ließ sie ihren Blick langsam immer weiter nach oben gleiten. Zuerst tauchte ein schwarzer Anzug in ihrem Sichtfeld auf. Ihr Fokus hangelte sich an der Knopfleiste weiter nach oben. Ein weißes Hemd und eine grüne Krawatte erschienen. Nun hielt Ellena etwa fünf Sekunden inne. Ihr Herz raste. Dann schaute sie der Person, die vor ihr stand, ins Gesicht und ein Paar bernsteinfarbene Augen mit waldgrünen Sprenkeln blickten zurück. Sie konnte es nicht fassen. Vor lauter Staunen blieb ihr der Mund offen stehen. Doch ein freundliches Lächeln löste ihre Paralyse.
»Juma?!«, fragte Ellena ungläubig.
Sie betrachtete ihren Liebsten und hätte ihn auf der Straße niemals erkannt. Seine langen, engelsgleichen Haare waren modisch kurz geschnitten, was wiederum seine Wangenknochen stark betonte.
»Ja, ich bin es. Und hier ist dein Buch! Möchtest du mir wieder daraus vorlesen?«, fragte Juma zaghaft und Ellenas Herz schmolz dahin. Sofort war sie auf den Beinen und flog geradezu um den Tresen herum. Sie zog Juma in ihre Arme. Ihr Herz setzte für einen Schlag aus.
Dann stand fest, er war Wirklichkeit! Ellena schaute Juma

wieder in die Augen.

»Ich bin so froh!«, sagte er leise.

»Ja, das bin ich auch. Doch irgendwie habe ich ein bisschen Angst, dass du nicht real bist«, flüsterte Ellena und konnte es immer noch nicht glauben. Juma lächelte.

»Ich entkam meiner Braut, mein Vater verstieß mich und nun komme ich zu dir, weil du mein sicherer Hafen bist. Deine Welt soll nun auch die meine werden ...«

Nun lächelte Ellena.

Ihr Leben war wieder im Gleichgewicht. Sie umarmten sich innig und Ellena flüsterte: »Gut, dann lass uns endlich nach Hause gehen. Willkommen in meiner Welt!«

Liebe Leser,

bitte gestatten Sie uns noch ein paar persönliche Worte!
Wir möchten uns an dieser Stelle bei all unseren neuen und alten Lesern bedanken! Den Neuen für den Mut, etwas Frisches auszuprobieren und den Alten für ihre Treue. Ohne Euch wäre das alles nicht möglich. Und vor allem, es würde uns weitaus weniger Spaß machen.
Ihr haltet nun unser viertes Buch in Euren Händen und wir hoffen, dass es bei Euch noch besser ankommen wird, als es die vorherigen taten. Wir wünschen uns, dass dieses Buch all seine Leser verzaubern möge!

Unser großer Dank gilt Jörg F. Nowack, unserem neuen Lektor. Er gab darauf acht, dass Grammatik und Rechtschreibung nicht zu arg litten, gab uns hilfreiche Tipps und unterstützte uns, die Geschichte in die richtige Form zu bringen. Er ließ uns an seinen Erfahrungen teilhaben und wir konnten sehr viel von ihm lernen.
Weiterhin danken wir unseren Testlesern Julia Dotterweich und Chris Schönefeld, die unser Buch vor allen anderen kritisch unter die Lupe nahmen.
Natürlich bedanken wir uns auch bei unseren Eltern und Großeltern, die uns wie immer tatkräftig zur Seite standen.
Ohne diese Menschen wäre uns dieses Buch niemals möglich gewesen. All ihnen gilt unser herzlicher Dank!

Anne und Wiebke Wilhelm

»Der Herr der Würze«
(Arbeitstitel)

Dieses Buch ist ein Abenteuerroman aus dem wirklichen Leben für heimatverbundene Erwachsene und Junggebliebene. Es ist ein Titel, der sich noch nicht vollständig darstellen lässt, da der ›Herr der Würze‹ jeden Tag neue abenteuerliche und lustige Geschichten erlebt. Die Abenteuer, die in diesem Buch geschildert werden, spielen in Neuhaus am Rennweg, das gern auch ›Herrnhaus‹ genannt wird, und der thüringischen Umgebung, der Heimat unseres Protagonisten. Er selbst taucht in dem Buch auf, blickt auf sein vergangenes Leben zurück und schildert die Begebenheiten grad so, wie er sie in der Kneipe beim Bier erzählen würde.
»Der Herr der Würze« fasst ein Menschenleben in wenigen Kapiteln zusammen. Mit der Hauptfigur erleben Sie, liebe Leser, alle Geschichten hautnah und sind immer mittendrin statt nur dabei.
Wichtigste Figur des Buches ist Uwe von Würzen, der uns auch als Inspirationsquelle diente. Die Erzählung beginnt mit seiner Geburt, geht über die ereignisreichen ersten Lebensjahre, um dann in Schulzeit und Lehre zu münden. Später kommen Liebe, Ehe und Nachwuchs dazu und natürlich spielt sein Leben als Koch bis in die heutige Zeit die zentrale Rolle.
Jedes Kapitel des Buches spiegelt eine Episode im Leben unserer Hauptfigur wider. Was er erlebt hat, wer seine Begleiter in den jeweiligen Abschnitten waren und wie er sich selbst bei all diesen Erlebnissen fühlte, erzählt er frei von der Leber weg. Bereits die Geburt unseres Protagonisten ist ein kleines Abenteuer. Bitte lesen Sie selbst:

„Bereits zu meiner Geburt gibt es eine sehr schöne Geschichte. Wir schreiben das Jahr 1959. Genauer gesagt war es der 8. November 1959, der Tag vor meinem Geburtstag. Es war Samstag und meine Mutter Marga besuchte gerade mit ihrem ungeborenen Sohn, also mir, die öffentliche Lottoziehung im Kulturhaus im Stadtzentrum von Neuhaus am Rennweg. Dazu muss man wissen, dass es früher üblich war, die Lottozahlen öffentlich zu ziehen, da nicht viele Menschen einen Fernseher besaßen und es auch noch nicht so viele Telefone gab. Nun ja, aber weiter im Text. Meine Mutter war also mit mir und meinem Vater im Kulturhaus und da wollte ich dann unbedingt auf die Welt kommen.

Mein Vater bemerkte, dass meine Mutter etwas blass um die Nasenspitze herum aussah und fragte daher besorgt: „Marga! Was ist los?"

Meine Mutter antwortete: „Ich gläb, es kemmt!"

Danach ging alles ganz schnell. Meine Mutter wurde nach Gräfenthal ins Krankenhaus gebracht und am Sonntag früh, also am 9.11.1959 erblickte ich dann endlich das Licht der Welt. Mein Nettogewicht, also ohne Windeln, betrug 4.700 Gramm oder auch 9 Pfund. Früher wurde das Gewicht der Kinder in dieser Einheit gemessen. Ich war schon ein kleiner Moppel, kann man sagen. Man sah es auch, da ich als Baby meine kleinen dicken Finger gar nicht richtig zusammengebracht habe. Es gab schon früh Kloß mit Soße und damit wurde der Grundstein gelegt, aus mir einen echten „Herrnhäuser" zu machen."